青少年财智故事汇
CAIZHI GUSHIHUI
韩祥平 编著

启迪 青少年
创意的精彩故事

北京出版集团
北京出版社

图书在版编目（CIP）数据

启迪青少年创意的精彩故事／韩祥平编著．— 北京：
：北京出版社，2014.1
　（青少年财智故事汇）
ISBN 978 − 7 − 200 − 10308 − 3

Ⅰ．①启… Ⅱ．①韩… Ⅲ．①故事—作品集—世界
Ⅳ．①I14

中国版本图书馆 CIP 数据核字（2013）第 282856 号

青少年财智故事汇
启迪青少年创意的精彩故事
QIDI QING-SHAONIAN CHUANGYI DE JINGCAI GUSHI
韩祥平　编著
*
北 京 出 版 集 团
北 京 出 版 社　出版
（北京北三环中路6号）
邮政编码：100120
网　　址：www．bph．com．cn
北 京 出 版 集 团 总 发 行
新 华 书 店 经 销
三河市同力彩印有限公司印刷
*
787 毫米×1092 毫米　16 开本　12 印张　170 千字
2014 年 1 月第 1 版　2023 年 2 月第 4 次印刷
ISBN 978 − 7 − 200 − 10308 − 3
定价：32.00 元
如有印装质量问题，由本社负责调换
质量监督电话：010 − 58572393
责任编辑电话：010 − 58572775

前 言

如今，创意越来越受到人们的普遍关注，谈论"创意"的人越来越多，人们已不再把创意单纯理解为艺术家的灵感突发、精神生活的充实品。

那么，创意究竟是什么呢？

——这真是一个没有创意的问法。它通常会让答者尴尬，听者茫然。就像一千个读者心中有一千个哈姆雷特一样，关于创意，有人说是感觉，有人说是新点子、好主意，有人说是独一无二的思维火花、稍纵即逝的灵感……以上这些都是狭义的理解。从广义来说，创意是一种创造性的思维活动，是旧有元素的重新组合。创意涵盖着人类生活的各方面，发明革新是创意，理论构想、认识或者境界的变化也是创意。可以说，创意决定着人类的发展。

创意为何具有如此神奇的能力？

因为它是一种创造性劳动，是打破常规、突破自我、创造未来的过程。微软公司创始人比尔·盖茨说："创意有如原子裂变，每一盎司的创意都能带来无以数计的商业奇迹和商业效益。"

创意不仅需要知识的积累，更离不开思维的火花。

葡萄酒贮存的防酸问题一直困扰着葡萄酒行业。法国是葡萄酒生产大国，法国的生物学家、化学家巴斯德也为这个问题伤透了脑筋。后来，他经过反复研究证明，葡萄酒变酸是因为发酵器中有一种细菌，可是，如果简单地用高温杀菌，又势必会影响葡萄酒的质量。巴斯德使用了好几种方法也无法达到预期的目的。一次又一次的失败，使他几乎失去了信心，只好暂时搁置这项工作。

某个冬日的一天，巴斯德请几位朋友来家中做客。由于天已变冷，巴斯德就将葡萄酒倒在铜壶里，放在炉子上稍稍加热后让朋友饮用。热情的巴斯德温热了许多葡萄酒，尽管大家开怀畅饮，还是没有喝完。朋友走后，巴斯德将剩下的酒重新装进瓶子里，后来也就慢慢地忘了这事。

到了第二年夏天，巴斯德突然想起了这些酒，他以为酒一定早就变质了。可当他打开瓶子的时候，竟惊奇地发现，这些酒居然一点儿也没有变质！经过深入的研究，巴斯德终于发现，如果将葡萄酒加热到 55 摄氏度左右，既可以消灭细菌，同时又能保持原有的美味。后来巴斯德成立了葡萄酒保鲜研究所，进一步开发保鲜技术，对不同种类不同度数的葡萄酒的加温技术进行全方位的实验研究，确定了更精确的标准。这样一来，这个困扰葡萄酒行业的难题终于彻底解决了。这个发现，不仅挽救了葡萄酒业，同时也给其他饮料行业带来了勃勃的生机。

一瓶被遗忘的红酒成就了技术的突破创新，巴斯德从葡萄酒中嗅到了创意之花的清香。

此时，你手中拿着的这本书，就是这样一个汇聚创意的产品，它收录了古今中外创意故事的精华。一个个生动的小故事，讲述着一段段发明发现的传奇经历。愿青少年能从此书中寻找灵感，领略创意的无穷魅力。

目　录

第一章　首先，打破一切常规 / 1

笑话公司 / 2

看电视挣钱 / 3

情侣饰品店 / 5

聪明的画家 / 6

黄蜂退英军 / 7

钞票的效应 / 9

新鲜水果现摘现买 / 10

乞丐教师爷 / 11

怪异考题 / 13

生命的无限潜能 / 15

以羊击鼓智退兵 / 17

挣脱你的"思维栅栏" / 18

泥土里藏黄金 / 19

货车上的蜜月 / 21

第二章　别让灵光一闪而过 / 23

无心之过巧发明 / 24

抓住眼前的机会 / 25

小麦铅笔出富翁 / 27

笛卡尔的偶然发现 / 28

沙尘带来的灵感 / 29

找块垫脚石 / 31

一个念头带来成功 / 32

百万身价的人 / 33

信息里的机会 / 35

有需要就有市场 / 36

不贴身的雨衣 / 37

最顶尖的雕像 / 38

猫的功劳 / 39

小牧童的发明 / 41

大豆与"维他奶" / 42

手机照片上的灵感 / 43

液体手套的发明 / 45

第三章　灵感来自知识的积累 / 47

特殊的信 / 48

高斯智断瓶中线 / 49

以火灭火 / 51

冰间水道 / 52

巧用浮力捞铁牛 / 54

田忌赛马 / 55

太阳开道 / 57

阿基米得的"秘密武器" / 59

第四章　想象力比知识更重要 / 61

气压计测楼高 / 62

多一种方案 / 63

橡胶的妙用 / 65

深潜器与气球 / 66

聪明的老花工 / 67

从屎壳郎到拖拉机 / 68

称出地球的重量 / 70

卖画毁画 / 72

逼出来的"黄金"肉 / 74

实验出真知 / 75

结冰保鲜 / 77

歪打正着 X 光 / 78

布莱叶发明盲文 / 80

钟控锅炉的发明 / 81

太空飞行器与蜂窝 / 82

砂轮机的启示 / 84

把鞋子卖给赤脚人 / 85

牛仔打赌 / 87

在裂缝上敲一锤 / 88

小男孩求租 / 89

第五章　另辟蹊径天地宽 / 91

最意想不到的求职 / 92

减肥中心的大门 / 93

老人的"谈判" / 95

死坦克拖回活坦克 / 96

标价出售 / 97

假戏真做 / 98

谋略的种子 / 100

把梳子卖给和尚 / 101

从火鸡蛋中打"铁算盘" / 102

农夫分鸡 / 104

看不懂的故事 / 105

最后亮出的博士证书 / 107

把防毒面具卖给驼鹿 / 108

收藏家的惊喜 / 109

第六章　反弹琵琶曲更新 / 111

成吉思汗赛马计 / 112

出售贫穷落后 / 113

女实验员砸水槽 / 114

做一条反向游泳的鱼 / 115

苏军巧运物资 / 117

不提纯添杂质 / 118

另一种教育方式 / 119

小约翰卖花生 / 120

互换角色 / 122

免费广告 / 123

逆向思维与留声机 / 125

把鸡蛋立起来 / 126

罐装茶水创新意 / 128

肮脏牛排店 / 130

颠倒过程挖隧道 / 131

借贷一美元 / 132

逆向产生电流 / 134

数学难题中的规律 / 135

皮鞋是怎样发明的 / 137

第七章 点滴创意在细节中铸成 / 139

一元钱的资本 / 140

小事情中的大机会 / 141

小石子里的创意 / 143

苹果的细节 / 144

小租赁，大事业 / 145

偶然的东西别放过 / 146

从细处开始精明 / 147

茶碗碟子的启示 / 149

垃圾变黄金 / 150

泰姬陵的保护 / 152

废纸里的机会 / 153

一枚铜钱的魔力 / 154

700 万美元的筹集 / 156

敢有特别的想法 / 158

从身边寻找灵感 / 159

第八章 好风凭借力，送我上青云 / 161

就势修路 / 162

丁谓巧筑皇宫 / 163

借他人的钱，赚自己的钱 / 164

"豪门"巧借政府桥 / 165

借助光环，照亮自己 / 167

旧钞票的力量 / 168

理发店的融资妙计 / 169

派克"跳龙门" / 170

育苗掏耳 / 171

绝妙主意 ／ 172

借鸡生蛋成大业 ／ 174

英雄救美演不够 ／ 175

总统卖书 ／ 176

巧与对方拉关系 ／ 177

鬼苹果 ／ 178

舆论的力量 ／ 180

溺水女郎与相机 ／ 181

第一章

首先，打破一切常规

没有"异想"，哪来"天开"的创举？美国一位社会活动家曾说："生活就是习以为常；而习以为常，就是拒绝求知。"在创意时代，要想活得精彩，就不能按常规套路出牌，努力将"不可能"变为"不，可能"！

笑话公司

巴西有个企业家叫卢伊兹·卡洛斯·布拉沃，有一次到剧院观看演出，当看到一个讲笑话的节目时，被演员逗得捧腹大笑。绝大多数观众笑后就抛在脑后，但卢伊兹与众不同，他反复思考此事，认为可以将"笑话"变成赚钱的"商品"。

经过认真的研究分析，卢伊兹决定搞一个独特的电话服务公司，叫作"笑话公司"。他千方百计汇集了世界各国出版的500多册笑话选集，从中精心挑选了成千上万则精彩的笑话，请专家教授译成英语，并使其富有英语的幽默感。然后再聘请滑稽演员把这些笑话制成录音，在电话上增设一个特制系统，备有专用电话号码。用户只要一拨这个专用电话号码，就能听到令人捧腹大笑的笑话。当然，用户每听一次，就要交付一定的费用，这种别开生面的业务一开张，就受到广大听众的欢迎，卢伊兹由此也获得了丰厚的利润。

为了保护自己的专利，卢伊兹在巴西全国工业产权局进行了注册登记。后来，随着生意的兴旺，又在英国等16个国家进行了专利注册，他在巴西先后与300个城市的电话局签订合同，都安上了特种设备，开展笑话业务。在国内业务的基础上，他又开始向英国、日本、德国、法国、希腊、阿根廷、智利、西班牙、葡萄牙等市场出口，年业务额达3000多万美元。

智慧感悟

众人都走过的路平淡无奇，成功需要独辟蹊径，走别人未走的路。

旧有的想法是创新的头号敌人。它们牢牢盘踞在你的心灵中，冻结你的思维，阻碍你的进步，干扰你进一步发挥创造性能力，使你永远不能和成功亲密接触。

看电视挣钱

小娟天生丽质，十分注重皮肤的保养，尤其对各类生物护肤品情有独钟，即使勒紧肚皮也要美化面容。每天下班后，躺在宿舍里，她的必修课就是欣赏电视广告节目，从中寻觅新上市的时尚护肤化妆品的信息，然后按图索骥去选购。一次，她接连五天收看了某化妆品厂家在电视中做的促销广告，最后认定品质不错，决定选购这种价格不菲的化妆品。于是她就拨通了电视上打出的该厂家的电话号码，没想到却是空号。

最后，她查询了电话局才与销售厂家取得了联系。原来广告上的电话号码打错了——把"6"打成了"9"。她无意中向厂家做了通报，批评他们广告打得太马虎，有误导之嫌。

此事过后的第四天一大早，这家化妆品厂家的策划总监就亲自驱车找到她，一边对她千恩万谢，一边把500元的酬金递给她。策划总监拉紧她的手说："多亏你为我们提供了准确信息，为我们挽回了损失……"

事后小娟才知道，该化妆品厂家每天晚上打的这则广告费用就需要1500元，一个有误的电话号码造成的损失该有多大！正是由于她的及时发现才使他们及时纠误，为此电视台也为他们重打了误播的广告。这家化妆品厂家每年都要在省市与国家级电视台投放广告费用上百万元，为了防止类似误播事件再发生，他们聘小娟做了电视广告调查员，月薪 600 元。任务很简单，无非是每播放一条广告，厂家都把广告原件交她，她则必须无一漏网地天天监看，发现问题及时反馈，一旦发现失误，酬劳另算。

这可真是个轻松愉快的美差，在家里，躺在软乎乎的席梦思床上就能赚钱。小娟索性辞去了饭店的服务员工作，每天晚上就躺在软乎乎的席梦思床上，边欣赏电视节目边监看广告就把钱赚了，那感觉可真爽。

尽管她睁大了眼睛，用尽了心机，可在此后三个月的时间里，这家化妆品厂家打出的电视广告都是百分之百正确。于是，策划总监也感到高枕无忧，认为小娟已经失去了价值，就毫不客气地炒了她的鱿鱼。

但小娟很不甘心，她花费 200 元在一家晚报的中缝位置打了一则不足 200 字的广告。大意是，本小姐专司电视广告调查员这一新兴职业，专为打广告的商家提供有偿调查监督。通过查访纠偏，使您免受广告费损失。酬金支付方式，既可以以固定月俸的形式支付，也可以按纠偏的金额提成。

缘于纠偏的商业需求，报纸广告刊出后的三天时间里，就先后有18 家厂商或电话洽谈，或登门造访，力邀小娟做他们的电视广告调查员。小娟知道"贪多嚼不烂"，最后只选择了 5 个广告商家，签了完全彻底的旱涝保收型雇用合同。就这样，她每月都有比较可观的收入进账。

智慧感悟

生活中每个人都会有一些新奇的想法，但不是每个人都可以把想法变成现实，故事中的小娟就敢于把自己的想法付诸实施，并获得丰厚的回报。我们一旦有了好的想法，就要有勇气、有胆量去执行，而不要畏缩不前。新生事物总会遇到阻力的，如果一遇阻力，你就放弃，必然没法成就你的事业。所以说，好的创意离不开智慧，而创意的实施则离不开勇气。

情侣饰品店

　　从湖北美术学院广告设计专业毕业后，小李先后到过两家公司，收入也都不错。但她却不喜欢这样的生活，天天对着电脑，思维都僵了，看不到创意，找不着激情。辞去工作后，小李开始寻思做点什么。开书吧、卖衣服、搞布艺……掐着指头，数来数去，还是没谱。一天逛到一家饰品店，里面的东西很温馨，当时就有种冲动，要开个这样的小店，再在饰品上加点感情元素。

　　有温馨，有感情，那就是情侣饰品店了。有了这个念头后，小李跑遍武汉三镇，还真没看到一家情侣饰品店。

　　开业之后，小李为每件商品"编故事"，比如两枚戒指看上去没关系，一枚是花骨朵，另一枚是盛开的花，得到爱情的滋润，花儿就开放了。所以这对戒指叫作"爱情来了"。

　　顾客拿起饰品，小李就给他们介绍其中的故事和含义。比如有个女孩儿来店里，想买一件有意义的东西送给男朋友。小李推荐了一块玉佩，开始她不喜欢，小李告诉她这是一整块玉，上面有两条挂绳，需要和自己心爱的人共同掰开，一人一半，象征着真情相伴。听完她就买下了。

　　经过小李的"加工"，情侣驿站里每一件商品都有自己的故事。听过小李的解释，90%的人都会买。再普通的饰品，当赋予了特殊的含义，它就有了生命。

　　卖情侣用品还让小李成为爱神"丘比特"，撮合了好几对有情人。去年夏天，店里进了一批情侣手链。一个女孩儿看中了一条带有小鱼造型的手链，那是一条情侣链。她不好意思地说她还是单身，但她很喜欢，还是买了一对儿。临走时，小李祝福她，手链能带来好运。

一个月后，这个女孩儿回来了。她兴奋地告诉小李，学校的一个男生看到这条手链，也很喜欢，问是在哪里买的。她把另外一条送给了他。两个陌生人因手链走到了一起，小李感觉自己就像个天使。

智慧感悟

经商是件理性的事，但里面也渗透着感性因素，小李将饰品赋予感情和文化因素，从而使生意大为兴隆。做生意不仅要动脑筋，还得投入情感，要让商品本身就能说话。这既是一个感情投资的过程，又是改变现有状况、激发创意的过程，转换视角天地宽，同样的事情，在思维上比别人多想一点，在行动上就能比别人多前进一大步。

聪明的画家

李克用是五代初的著名军事统帅。他身材高大、威武，可惜在战争中被打瞎了左眼，右腿也是瘸的。有一天李克用心血来潮，想要一张自己的画像，于是便下令召有名的画师为他画像。

画像有两个要求：第一，要真实；第二，不能有损尊严。画得好的有重赏，画得不好的要杀头。

第一个画家照实把李克用的样子画了出来，像极了。李克用看后说："把我画得太丑了。"于是画家被杀头了。

第二个画家把他的两眼画得炯炯有神，腿也不瘸。李克用看后说："这不是真实的我。"结果又把这个画家给杀了。

第三个画家吸取了前两位画家的教训，完成了画像。李克用看后非常满意，因为画像既表现了他威武的精神面貌，又掩盖了他的瘸腿和一只瞎眼的缺陷。因而聪明画家得到了重赏。

那么，第三个画家是怎样画李克用的呢？原来这位聪明的画家把李克用设想为在打猎；画的是李克用手拿弓箭，瘸腿单跪在地上，一只瞎眼紧闭，一副正在瞄准靶子准备射击的样子。

智慧感悟

这位画家很聪明，在面临被杀的生死关头，急中生智想出了这么一个绝妙的主意，画中的李克用既保持了原貌又掩盖了缺陷，任何人只有根据自己所面对的实际问题，激发起自己的思维细胞，用不同寻常的视角来观察和思考寻常事物，才能走出"山重水复"的困惑，观赏到"柳暗花明"的美景。

黄蜂退英军

在人们欢呼虎门销烟的壮举时，林则徐已经在冷静地思考着下一步的行动了。1939 年的虎门销烟沉重打击了侵略者的气焰，助长了中国人民的志气，但林则徐心里清楚，像英国那些殖民统治者和唯利是图的鸦片商人是绝不会甘心失败的，于是他一到广州，就着手增强防卫，加紧操练军队，并且添置了两千多门大炮。他还把当时的渔民、昼民（水上居民）、埠民都组织起来，准许群众在遭到敌人欺负的时候，可以自行抵抗。在检阅部队时，林则徐发现中国的武器太落后，当机立断，命令制造新式火炮。但是，英国侵略者没等中国把大炮造好，就仗着武器先进，常来侵扰。

林则徐知己知彼，他认为我们的武器装备虽然落后，但我们的脑子是可以"先进"起来的。英国人的武器虽然先进，但他们自恃强大，目空一切，盲目冒进，其弱点是可以利用的。于是，他决定当英国舰只来我岸挑衅时，大摆黄蜂阵，以智退敌。

黄蜂，又称为马蜂，是当地一种能蜇人的昆虫，头胸部褐色，有黄色斑纹，腹部呈深黄色，中间有黑褐色横纹，尾部有毒刺。林则徐下令将这些昆虫装在尿壶里，封住壶口，再罩上红缨笠伪装成中国清军的水兵。涨潮时，林则徐命令士兵们将这些"伪装物"放出海面。这些"伪装物"随着退潮的海水驶向大海，英军会把这些"伪装物"当成清军水兵，开枪开炮将尿壶打破，黄蜂就会飞出来蜇他们……

一天，英国几艘军舰又来挑衅，载着一群趾高气扬的英国水兵的军舰，得意忘形地驶近虎门附近。突然，一位水兵发现军舰行驶的前方海面上有情况，就用右手指着目标，用英语大声高喊："你们看，前面是什么？"水兵们的眼睛一齐射向这位水兵所指的方向。

"是中国水军！"舰上的英国水兵几乎是同时发出高喊。

水兵们的喧闹声惊醒了英舰的指挥官。指挥官往前方眺望，果然发现海面上有大量的清军水兵红缨笠在游动，而且越来越近。

"目标，正前方，朝着红缨笠，开火！"英舰指挥官果断地下达了命令。

"轰！轰！……"英舰的大炮开火了。

"砰！砰！砰！……"英舰上的水兵手中的枪开火了。

急迫的枪炮声把无数发炮弹、枪弹送到了有红缨笠游动的海面上。

英国人满以为，一阵枪炮过后，那些戴红缨笠的中国水兵会全完了，发出一阵阵得意的狂笑。

谁知道，他们的笑声未停，却从浓烟中飞出了无数只大黄蜂。这些黄蜂发出嗡嗡的声响，遮天蔽日地飞向军舰，开始英国兵不知飞向他们的是何物，待到发现是黄蜂时，也毫无办法对付它们。这些大黄蜂飞上军舰，见人就叮，直蜇得英兵"哇哇"大叫，一个个抱头鼠窜。不一会儿，一个个英国兵脸红眼肿，扔下武器，东躲西藏，有的用衣服包着头，有的趴在船上宁愿让黄蜂去蜇身上的其他部位，也不让它们蜇脸。可是，这些黄蜂在它们没有叮足之前，是不会善罢甘休的。有趣的是，这搏斗的场面，只有黄蜂在进攻，没有看到英兵有什么反击。

同样被黄蜂蜇得痛苦不堪的英舰指挥官一见形势不妙，急命掉转船头逃跑……

站在岸上的中国军民亲眼目睹了这场"战争"奇观，真是大快人心。

智慧感悟

林则徐不愧是大智大勇的人，在他眼里黄蜂也是武器，并且足以击败有坚船利炮的侵略者，这真是一个绝妙的创意，不禁让人拍案惊奇。黄蜂看似不起眼却有着抵挡坚船利炮的功效，这就是奇思妙想所创造的奇迹，突破思维定式的束缚，天堑也能变通途。

钞票的效应

刘明应征一家广告公司创意总监的职位。

一回家，刘太太就抢先问道："事情怎么样了?"

刘明说："明天就开始上班，月薪15万，还有红利奖金。"

刘太太听了，真是惊喜交集，忍不住往下追问："待遇既然不错，想必应聘的人一定不少吧。"

"大概有三四十个，都是广告界的精英。"刘明回答。

"录取了几个?"

"只录取了一个，就是我。"刘明很神气地说。

"那考些什么题目呢?"

"只考一题。"刘明说:"总经理分给我们每人一张白纸任凭我们在上面画些东西。然后他把考卷从楼上窗口撒向大街,看过路人究竟先拿谁的考卷。有的人在纸上写着非常动听的句子,有的在上面画着裸体美人,有人则画了有趣的漫画,也有折成漂亮的纸艺品……"

"那么,你呢?"刘太太迫不及待地问。

"我什么也没画,只在纸上贴了 3 张 100 元的钞票。"刘明得意地回答。

智慧感悟

这个故事尖刻地嘲笑了时下诸多广告的媚俗以致庸俗的倾向,"非常动听的句子""有趣的漫画""漂亮的纸艺品",乃至"裸体美女",只不过是哗众取宠,而大众早已厌烦了这些平淡无聊的小把戏。刘明吸引住人们的眼球,打败这些对手的高招,竟是"在纸上贴了 3 张 100 元的钞票"。不着一字,不费一墨,而得头魁,既反映了创意的功利效应,也从戏谑的一面揭示了创意的本质:只有改变,只有出奇才能制胜,如果你不想改造你的大脑,你永远改变不了这个世界。

这"出奇制胜"正是创意的本质。

新鲜水果现摘现买

某市有一水果店,门口贴着一张新奇的海报:"新鲜水果,顾客现摘现买!"

好奇的顾客纷纷驻足,顿时眼界大开:店中果然立着两棵硕大的苹果树，树上真的挂着红透了的大苹果。

顾客如果再仔细一看，就会发现苹果树是假的，但树上的苹果却是真的。

为此，水果店老板特意到塑料工厂订购假苹果树，摆放在店里，然后把那些真的、带果柄的苹果挂上去，店里立即有一种生机盎然的果园气氛。

这一招确实妙，许多顾客纷纷来"摘"苹果。

后来，店老板又不断"栽"新的果树，如梨树、桃树等，生意不断扩大。

再后来，店老板干脆就兼卖果树了。顾客将整棵果树连"根"端走，"栽"在家中，随吃随摘，别有一番田园气息，还美化了居室氛围。

智慧感悟

大凡水果店，都是将水果堆放起来卖的——这种摆放法，既不美观，又不便于顾客挑选，还容易碰坏水果。将水果挂在假树上，虽然也不能保证水果的新鲜，但能给顾客以视觉上的冲击。发掘你的创新能力，只要你有卓越的创意，世界就会因你而改变。

乞丐教师爷

在第二次世界大战期间，几乎没有人比阿伯特·戴维森的谋生方式更奇异了。这话得从他拒绝向乞丐施舍一个硬币说起。

"赏个小钱吧，先生。"一天，一个流浪汉向他乞讨。

当时的戴维森是个演员，已经"休息"了很长时间。因此他没好气地说："别纠缠我，我也是身无分文。"

在乞丐转身走开时，戴维森发现他虽然失去了左臂，但是脸色红润，衣着一点也不破烂。

"等一等，"戴维森把他叫住，问："你知道我为什么一个子儿也不给你？"

乞丐不屑地摇了摇头。

"因为你看上去境况比我要好，"戴维森告诉他，"你跟我来。"

回到住所，戴维森拿出自己的化妆盒，开始朝那人的脸上涂抹油彩。一会儿工夫，那人就有了一副苍白的面容，脸上呈现出憔悴的皱纹，头发也被剪得乱蓬蓬的。

"你昨天挣了多少钱？"戴维森问。

"4元。"

"那好，去试试今天能否多挣些钱。"

两天后，这个乞丐来到戴维森的住所，交给他5元钱。化妆后的第一天，他挣了30元钱，这个数目近乎于他从前最高所得的7倍。

没过多久，其他乞丐也纷纷前来求助。

这个演员向每个人收费两元钱。他把他们装扮成一副孤独凄苦和绝望无助的样子，提示他们恰当掌握哀诉的嗓音。

在头一个月里，他每天给18个乞丐常客化妆。一年工夫，他搬进了一所条件良好的住宅，有了一部小汽车和一大笔银行存款。一连16年，他忘记了自己当演员的生涯，接触了成千上万的纽约乞丐。后来有一天，纽约市政厅向他们颁布了一项禁令。这是一项不明智之举，因为这些人全是选民。

一次，2万名乞丐在布朗克斯举行集会。这些人中，有1.7万人是（或曾经是）戴维森的顾客。他们的首席发言人在会上宣布："我们需要的是能为我们说话的受过教育的人。"有人提议阿伯特·戴维森，得到了一致通过。

戴维森就这样成了纽约市乞丐协会的秘书长。

戴维森曾经承认，他从未梦想过这种指点乞丐行讨的行当会像滚雪球似的越滚越大。

这样干了几个月后，他发现自己再难独撑下去，因此不得不去请几位演员同伴来做帮手。

智慧感悟

"生命僵死之处，必有法则流过"，不管多么绝望的形势，一个充满创意的人总能在最微小的缝隙中寻觅到成功的踪迹，这就是为什么有些人做乞丐的生意也能致富，而有些人即使拥有亿万资产也会步入绝境。

怪异考题

这是在美国广为流传的一个故事。

美国加州的可布尔饮料开发有限公司需要招聘新的员工，有一个叫马克尔的年轻人到公司里面试。当时，他在一间空旷的会议室里忐忑不安地等待着。

过了一会儿，一位相貌平常、衣着非常朴素的老者走了进来。马克尔连忙站起来去迎接他，但是，那位老者只是盯着他看，好长时间眼睛一眨也不眨。正在马克尔被看得莫名其妙、不知所措的时候，这位老人突然一把抓住了马克尔的手大声地叫道："我可找到你了，我终于见到你了！上次要不是你，我的女儿可早就没有命了！"这是怎么一回事？马克尔真是丈二和尚摸不着头脑，因为他从来就没有见过这位老者。

"你不记得了吗？尊敬的先生，上一次，就是在中央公园里，是你呀，就是你把我失足落水的女儿从湖里救出来的！"老人激动得连声说道。对于这种莫名其妙的事情，马克尔自然十分纳闷。当他明白了事情的原委以后，心想原来这位老者将自己当作他女儿的救命恩人了。他马上诚实地说："老先生，我想您是认错人了，我不是那个救您女儿的人。""是你，是你，一定不会错的！"老人又一次肯定地说。

马克尔面对这位感动不已的老人，只能再三地解释："先生，真的不是我！你说的那个公园，我至今还没有去过呢！"听着马克尔的辩解，老人终于松开了手，失望地望着他："难道真的是我认错人了？"马克尔安慰老者说："老先生，您别着急，慢慢地找，一定可以找到那位救您女儿的先生的！"后来，马克尔如愿以偿，被这家公司聘用了。

有一天，马克尔又遇见了那位老人，便主动上前关切地与他打招呼，并且询问道："救您女儿的人找到了吗？""没有，我一直没有找到！"这位老人表情木讷地走开了。

马克尔的心情非常沉重。有一天，他对公司的一位老员工说起了这件事，不料那位老员工哈哈大笑："你认为这位老先生可怜吗？他是我们公司的总裁！他女儿落水的这个故事也不知讲了多少遍了，事实上，他根本就没有女儿！"

"这是为什么？"马克尔大惑不解。那位老员工接着说："我们总裁是要通过这种方法和这件事情来选人才的。他说过，只有品德高尚的人才是可以塑造的人才！"

马克尔被录用后，果然兢兢业业，不久就成为公司市场开发部的总经理，一年就为公司赢得了350万美元的利润。当那位可敬的总裁年老退休时，马克尔接替了总裁的位置。

智慧感悟

老人的考题确实比较怪诞，虚构一个故事来考验一个人的品德，内心不纯的人肯定过不了关，能接受这种测验的人必然是谦谦君子，当能委以重任，而想出这种测验方式的人也必定是富有创意、以德服人的人。考题虽然怪异，却又合乎常理，以不同寻常的方式完成了选人用人的使命。

生命的无限潜能

潜能是每个人固有的天然宝库，每个人身上都有一个取之不尽、用之不竭的潜能宝库。不过大多数人心中的巨人都在酣睡。一旦巨人醒来，宝库打开，连你自己都会感到吃惊。

一个铁块的最佳用途是什么呢？第一个人是个技艺不纯熟的铁匠，而且没有要提高技艺的雄心壮志。在他眼中，这个铁块的最佳用途莫过于把它制成马掌，他为此还自鸣得意。他认为这个粗铁块每磅只值两三分钱，所以不值得花太多的时间和精力去加工它。他强健的肌肉和三脚猫的技术已经把这个铁块的价值提高到 10 美元了，对此他已经很满意。

此时，来了一个磨刀匠，他受过一点更好的训练，有一点雄心和一点更高的眼光，他对这个铁块看得更深些，他研究过很多煅冶的工序，他有工具，有压磨抛光的轮子，有烧制的炉子。于是，铁被熔化掉，炭化成钢，然后被取出来，经过煅冶，被加热到白热状态，然后投入冷水或石油中以增强韧度，最后细致耐心地进行压磨抛光。当所有这些都完成之后，奇迹出现了，他竟然制成了价值 2000 美元的刀片。经过提炼加工，这个铁块的价值已被大大提高了。

另一个工匠看了磨刀匠的出色成果后说："如果依你的技术做不出更好的产品，那么能做成刀片也已经相当不错了。但是你应该明白这个铁块的价值你连一半都还没挖掘出来，它还有更好的用途。我研究过铁，知道它里面藏着什么，知道能用它做出什么来。"

与前两个工匠相比，这个工匠的技艺更精湛，眼光也更犀利，他受过更好的训练，有更高的理想和更坚韧的意志力，他能更深入地看到这个铁块的分子——不再囿于马掌和刀片——他用显微镜般精确的双眼把生铁变成了最精致的绣花针。他已使磨刀匠的产品的价值翻了数倍，他认为他已经榨尽了这个铁块的价值。当然，制作肉眼看不见的针头需要有比制造刀片更精细的工序和更高超的技艺。

但是，这时又来了一个技艺更高超的工匠，他的头脑更灵活，手艺更精湛，更有耐心，而且受过顶级训练，他对马掌、刀片、绣花针不屑一顾，他用这个铁块做成了精细的钟表发条。别的工匠只能看到价值仅几千美元的刀片或绣花针，他那双犀利的眼睛却看到了价值10万美元的产品。

也许你会认为故事应该结束了，然而，故事还没有结束，一个更出色的工匠出现了。他告诉我们，这个铁块还没有物尽其用，他可以用这个铁块造出更有价值的东西。在他的眼里，即使钟表发条也算不上上乘之作。他知道用这个铁块可以制成一种弹性物质，而一般粗通冶金学的人是无能为力的。他知道，如果煅冶铁块时再细心些，它就不会再坚硬锋利，而会变成一种特殊的金属，富含许多新的品质。

这个工匠用一种犀利的、明察秋毫的眼光看出，钟表发条的每一道制作工序还可以改进，每一个加工步骤还能更完善，金属质地还可以精益求精，它的每一条纤维、每一个纹理都能做得更完善。于是，他采用了许多精加工和细致煅冶的工序，成功地把他的产品变成了几乎看不见的精细的游丝线圈。一番艰苦劳作之后，他梦想成真，把这个铁块变成了价值100万美元的产品，同样重量的黄金的价格都比不上它。

但是，铁块的价值还没有完全被发掘，还有一个工人，他的工艺水平已是登峰造极。他拿来一块铁，精雕细刻之下所呈现出的东西使钟表发条和游丝线圈都黯然失色。待他的工作完成之后，你见到了几个牙医常用来勾出最细微牙神经的精致钩状物。1磅这种柔细的带钩钢丝，如果能收集到的话，要比黄金贵几百倍。

智慧感悟

铁块尚有如此挖掘不尽的财富，何况人呢？每个人的体内都隐藏着无限丰富的生命能量，只要我们不断去开发，它就可以无限大。

美国学者詹姆斯根据她的研究成果说："普通人只发掘了他蕴藏能力的1/10。与应当取得的成就相比，我们不过是在沉睡。我们只利用了我们身心资源的很小的一部分，甚至可以说一直在荒废……"每个人身上都蕴藏着巨大的潜能，挖掘自我潜能吧，你将可以创造一切奇迹。

以羊击鼓智退兵

1206年，毕再遇率军与金兵对垒，久战不决。金兵又调集数万精锐骑兵前来增援。毕再遇知道决战即将开始，而此时，宋军兵力不到金兵的十分之一，如果硬拼，必定寡不敌众，全军覆灭。为了保存实力，毕再遇决定撤退。

平时毕再遇军营每天都是鼓声不断，一方面威慑敌人，一方面为自己将士鼓劲。现在如果撤退了，鼓声就会停止，这样就会被敌人发现，受到追杀，后果是十分危险的。

可是怎样撤退才不会让敌人发现呢？毕再遇苦思良策，终于计上心来。于是他暗中做好撤退部署，当天晚上，集合部队，以夜幕为掩护迅速撤退。与此同时，毕再遇军营仍然旗帜飘飘，照旧传出"咚咚"的战鼓声。因此金兵一点都没有察觉宋军有撤退的迹象。直到第三天，金兵主帅下令攻打毕再遇时，才知道宋军已悄然撤走，留下了一座空营。

那么毕再遇是怎样欺骗敌人，安全撤军的？

原来，毕再遇退兵前，传令手下找来几只活羊，将它们后腿吊起，前腿放在战鼓上。羊被吊疼了，便使劲挣扎，前腿不停乱蹬，于是敲得战鼓"咚咚"直响。蹬一阵子，羊累了，便停下来。过了一会儿，羊又挣扎，大鼓又响起来。所以，金兵听到宋营鼓声不断，就以为宋军仍在原处。等金兵发现上当时，宋军早已走远了。

智慧感悟

抗金名将毕再遇以活羊击鼓，欺骗敌人，以达到安全撤军的目的，这种方法就是三十六计中的"明修栈道，暗度陈仓"，要想逃离困境，就应突破凝滞的思维习惯，取得对事物发展方向的主动权，通过给别人制造假象来引导他人的思考方向，达到自己的目的。

挣脱你的"思维栅栏"

这是几年前的一件事。比尔告诉他儿子，水的表面张力能使针浮在水面上，他儿子那时才10岁。比尔接着提出一个问题，要求他将一根很大的针投放到水面上，但不得沉下去。比尔自己年轻时做过这个试验，所以比尔提示儿子要利用一些方法，譬如采用小钩子或者磁铁等。儿子却不假思索地说："先把水冻成冰，把针放在冰面上，再把冰慢慢化开不就行了吗？"

这个答案真是令人拍案叫绝！它是否行得通倒无关紧要，关键一点是：比尔即使绞尽脑汁冥思苦想几天，也不会想到这上面来。经验把比尔限制住了，思维僵化了，这小伙子倒不落窠臼。

比尔设计的"轻灵信天翁"号飞机首次以人力驱动飞越英吉利海峡，并因此赢得了大奖。但在投针一事之前，他并没有真正明白他的小组何以能在这场历时18年的竞赛中获胜。要知道，其他小组无论从财力上还是从技术力量上来说，实力远比他们雄厚。但到头来，其他的小组进展甚微，比尔他们却独占鳌头。

投针的事情使比尔豁然醒悟：尽管每一个对手技术水平都很高，但他们的设计都是常规的。而比尔的秘密武器是：虽然缺乏机翼结构的设计经验，但比尔很熟悉悬挂式滑翔以及那些小巧玲珑的飞机模型。比尔的"轻灵信天翁"号只有70磅重，却有90英尺宽的巨大机翼，用优质绳做绳索。他们的对手们当然也知道悬挂式滑翔，对手的失败正在于懂得的标准技术太多了。

智慧感悟

人永远都不能满足于现状，你只有不断突破创新，才能创造更好的生活，才能享受更大的幸福。

泥土里藏黄金

小杨高考落榜后，就随在北京某酒店当保安的表哥来到了北京。可是他发现，像他这样没文凭、没技术的外来打工者在北京找工作很难。

就在他准备离开北京时，机会却来了。有一天在市内闲逛，他看到一位老人把一盆花扔进了垃圾桶里。"好好的花为什么扔掉呢？"他走过去问。老人无奈地说："养久了，花盆中的泥土越来越少，只能扔啊！""那您为什么不放点泥土进去呢？""城里哪儿还能轻易找到泥土！得跑到郊区才有呀。"小杨说："您这花扔了多可惜，我住的地方有泥土，我给你送点泥土来。"老人听了很欣喜，忙说："真的？"

第二天早上，那位老人果然在原处等小杨。见他真带去了泥土，连声道谢，并且付给了他15块钱。

北京的泥土竟这样值钱！小杨仿佛看到了美好的未来。于是，每天一大早他就装上一大袋泥土，到大街上或居民小区叫卖。但几天以后，他失望了：根本没有一个买主。他想了好几天，终于弄懂了一件事：只有养花的人才会买泥土，而他们一般都把花放在阳台上，如果先在楼下观察谁家的阳台上摆了花，再向这户人家推销泥土，不就省劲了吗？有了这个主意他又提着泥土出发了。

还别说，通过这次推销，小杨真挣了20元钱，他一方面为了自己的创意欣喜，一方面也感慨万千，毕竟20元钱实在太少了。

问题到底出在了哪里？为此，他特意询问了一个以前买过他泥土的老人。老人说："小伙子，你卖给我们的泥土里没有什么养分，时间一长，花就又枯了。你说大家还会买吗？"他这才明白泥土里还有学问呢。

找到问题的所在后，他立刻就去书店买了一些相关的书籍学习。他这才知道，原来花盆里的土是要加一定比例的肥料的。看了好几天，他慢慢摸索出用肥的门道了。之后，他特地买了一些包装纸将泥土包装好，注明"高肥花盆土"的字样，然后再去兜售。这样一来，他所卖泥土的价格相对于以前提高了几倍，买泥土的人却比以前多了很多。到了月底，除去肥料、生活费等一切开支，他净挣了3000多块钱。

3个月后，小杨接到的订单又多了起来，有时候一天能挣500多元。为了进一步扩大业务和稳住顾客，他就租了一间民房作为自己卖泥土的基地，并在泥土的配方上下足了功夫。他先后推出了甲类、甲类A级花盆土等多种品种，分别标明富含钾、磷、氮等元素，适用于种植月季、菊花等不同的花卉。他还聘请了一位农科院的技师做顾问，为养花人解决实际问题。后来，他一个人忙不过来，就雇了一名员工，表哥也过来帮他的忙。

有一天，他表哥告诉小杨，他当保安时所在的那家酒店要在大门口和大厅里摆很多花，可能需要一大批花盆土。他听了眼睛一亮：自己以前只知道把花盆土卖给居民，从来就没有想到过卖给一些单位。如果能把泥土推销给单位的话，一次卖出的花盆土就是一大批，这样不是更赚钱吗？于是，他立即和表哥一起去洽谈这项业务。因为人很熟，生意一谈即成。事后一算，仅这一笔业务，他就挣了3000多块钱。

这件事对小杨的触动很大，他决定把大部分的精力转向一些大单位，把普通居民这一块交给表哥操作。这样一来，他的营业额比以前增长了许多倍。有一次，一家大型国有企业一次性在他那里买了3万多元的泥土，他除掉成本开支足足挣了1万元。

智慧感悟

奥地利作家茨威格曾说："伟大的事业降临到渺小人物的身上，仅仅是短暂的瞬间。谁错过了这一瞬间，它就不会再恩赐第二遍。"一个明智的人总是能抓住最不起眼的机遇，把它变成美好的未来，而那些坐等机会降临的人，只能摸到机遇老人的秃头。

货车上的蜜月

美国得克萨斯州的桑斯货运公司为了扩大知名度，曾在广告宣传上煞费苦心，但是效果不佳。因为货运这种枯燥无味的内容对于娱乐第一的美国人来说，简直毫无吸引力。无奈之下，公司经理找到了新闻界的一位朋友，请他出谋划策。这位新闻人士说，广告内容的设计最好能与美国人的日常生活相关。于是，他们想到了结婚，这是普通人最感兴趣的事情之一。后来，公司与当地著名报纸协商，在一篇关于本地夫妇旅游结婚的报道顶栏处做了这样一则广告："他们在货车上度蜜月，相爱 4.5 万公里。"广告立刻就在读者中传开了："谁想出来的馊主意？新婚夫妇在货车上度蜜月！""还有谁，就是那个桑斯货运公司！"从此，这家公司闻名遐迩，效益斐然。

智慧感悟

奇思妙想不是离开客观情况凭空虚构。抓住大众的心理，拓展思维，就能产生新颖独特而富有价值的设想，也就抓住了创新的本质。

第二章

别让灵光一闪而过

灵感乃创意之母，没有灵感，创意从何谈起？灵感不是凭空想象，它们来自于我们生活的自然界，俯首皆是；灵感也不会嫌贫爱富，它能够满足任何人的愿望，有求必应。灵感是一个取之不尽用之不竭的创意源泉，同时也是突如其来的念头，稍纵即逝，它像草尖上的露珠，一碰就落。然而，只需要你用心去捕捉它，去感受它，去倾听它，它就会自然而然地来到你的身边——灵感只属于有心之人。

无心之过巧发明

古代的金雕像，一般都是先将黄金打成非常薄的金箔，然后再将其小心地粘贴在雕像的表面，这样做，既浪费时间又极为费力。后来，有一位科学家发明了电镀金雕像的技术，彻底改变了这种状况，并且一直沿用至今。可以说，这是现代工业生产中电镀技术的起源。

这一天，法国科学家阿伦·艾杰布里希特正在试验室里仿造一种巴格达的电池，这是一种古老的方法，是用一些陶瓷的瓶子、铁棒、铜管再加上一些溶液来制作。阿伦将这些东西放在一个器皿里，然后从新鲜的葡萄里榨出些汁液，倒入了铜管之中，这时候，他看见电压表的指针在移动，试验成功了。阿伦见自己的试验成功，感到非常兴奋，他转身去找一个本子，想记录下这个实验的全过程。可能是因为太兴奋了，他顺手去取笔记本的时候，一不小心，打翻了放在架上的一个小雕像，雕像恰好掉进一个盛满黄金溶液的盆子里，阿伦吃了一惊，但他没有去动那雕像，因为黄金溶液很珍贵，必须要小心处理才行。他想：我要先将实验的记录整理好，再来处理这倒霉的雕像了。

等到这一切做完以后，他才来考虑如何处理这雕像身上的金粉。当阿伦小心翼翼地找来一把刷子，轻轻地一遍又一遍地刷的时候，一件怪事出现了，这些金粉怎么也刷不下来，阿伦顿时大为惊讶。

原来，他试验成功以后，这电池的两根导线恰好掉进了这盆黄金溶液里，在电解的作用下，金粉均匀地依附在这座雕像的表面上。阿伦立即停下了手中所有的工作，专心致志地研究这个新发现。就这样，人类有了电镀的技术。

智慧感悟

　　人类的发明创造，大都是有目的、有计划的行为，是靠无数次的试验和丰富的实践经验取得的，这之间可能经历了无数次的挫折和失败。但是，在特定的情况下，也偶有自然天成的例子，电镀技术的发现即属此类。然而，即使这种偶发现象的背后也有着某种必然条件，可以设想，如果不是阿伦，不是他那种严谨有序的工作作风和执着的探究精神，而是你、我、他中的另一人，另一种工作风格，能不能弄巧成拙地发现电镀技术？应该说，天遂人愿，人应天理，两者不可或缺，"理"不到，事不成。

抓住眼前的机会

　　1951 年的一天，美国人威尔逊带着母亲、妻子和 5 个孩子，开车到华盛顿旅行，一路所住的汽车旅馆，房间矮小、设施破烂不堪，有的甚至阴暗潮湿，又脏又乱。几天下来，威尔逊的老母亲抱怨说："这样的旅行度假，简直是花钱买罪受。"善于思考问题的威尔逊听到母亲的抱怨，又通过这次旅行的亲身体验得到了启发，产生了一个创意：我为什么不能建立一些方便汽车旅行者的旅馆呢？经过反复琢磨，他暗自给汽车旅馆起了一个名字叫"假日旅馆"。

　　1952 年，也就是旅行的第二年，他终于在美国田纳西州孟菲斯市夏回大街旁的一片土地上，建起了第一座"假日旅馆"。

　　威尔逊是一位有作为、讲效益的经营者，他独闯难关，迈出了可喜的一步。接着他乘胜追击，为建立更多的"假日旅馆"积极筹措资金。正在这时，威尔逊遇到一位知己威廉·华顿律师，他具有很强的分析能力和清醒的经营头脑。两人研究后一致认为，应找那些愿意接受新思想、新事物、乐意为社会做好事的人募股，如医生、律师、牧师等中产阶级。经过认真的准备和反复的宣传，他们发行了 12 万股的股票，每股为 9.75 美元。奇迹出现了，12 万股的股票，一天就卖光了。这笔来之不易的宝贵资金，帮他们又建成了五座"假日旅馆"。后来，他们用同样的方法，成功地将"假日旅馆"迅速发展到世界各地，取得了令人满意的效果。

威尔逊颇懂经营之道，他为了招揽更多的顾客，在"假日旅馆"里增设了很多设施和娱乐场所。为了节省旅客的费用开支，他在父母们的房间里免费设置了婴儿床，深得父母们的欢迎。在"假日旅馆"内，设置了蒸汽浴、游泳池、高尔夫球场、保龄球馆等设施和活动场所。这些服务项目所需开支都打入总收费中去，当顾客一住进"假日旅馆"中，就可以自由利用这些器具、场所，甚至连看病的诊所也免费。这样就赢得了很多旅客，这就是威尔逊经营的绝招。顾客一般都有这样一种心理，即使挣大钱花大钱，也都喜欢占小便宜。如果样样服务都跟他们算小账，不仅很麻烦，也使旅客每次都觉得被敲了竹杠，自然非常反感。"我们把这些可能提供的服务费预先打进总费用中，旅客使用时，不再收费，他们会觉得占了点便宜，有一种被优待的满足感。"这是威尔逊的高明之处。

智慧感悟

威尔逊由母亲的声声抱怨而产生建立"假日旅馆"的想法，当我们在一些场所听到人们的闲来之"语"时，应该沉下心来，也许一个新的机会就在这闲聊中。因为，创意无处不在，就看你能否抓住每个在瞬间闪烁的创意火花。

事实上，公开信息中也蕴藏着创意的线索，但在现实中，人们常常会忽略那些公开信息，认为如此明显的机会根本就不是机会，就像某些人炒股，总喜欢探听内部消息，却对公司公开发布的中报、年报不认真研读一样，结果往往得到一些似是而非的、无效的信息，据此而行，结果可想而知。

小麦铅笔出富翁

美国著名企业家哈默曾经卖掉自己苦心经营多年的药厂，这在当时令同行感到很不可思议。

药厂虽然竞争激烈，但是前景被人看好，而且利润也十分诱人。哈默对此的解释是："我不喜欢专注赚明天的钱，而在乎眼前。你可以说我目光短浅，但是，赚明天的钱需要时间。"

退出医药业后，哈默作了一个更为令人吃惊的举动，他到了当时政局混乱的苏联。当时的苏联因为十月革命后的果实没有很好巩固，地区之间战乱不断，许多地方瘟疫流行，特别是粮食缺乏，许多人被活活饿死。哈默在这里发现了一个令他欣喜的信息：苏联的农民因为担心时局，把粮食堆在家中不肯出售，而另一部分人却购买不到粮食，他们的购买欲十分强烈。

哈默开始从美国运来大量的小麦，他的举动被人们称为"班门弄斧"，因为苏联大量种植小麦，长途运输来的小麦在苏联根本没有竞争力。

但是，人们的估量错了。哈默的小麦成为当时苏联人心目中的"定心丸"，销售量高得出人意料，他换取了苏联的大量毛皮和白金。

1921年，哈默在莫斯科官方报纸上看到苏联即将进行一次全国范围内的扫盲运动。看过这则新闻后，他并没有往心上去。但是，当他准备回国的时候，却意外地发现苏联商店中的铅笔很少，而且价格很贵。

哈默产生了一个大胆的想法：在苏联办一个铅笔生产厂。他很快得到了苏联当地政府的同意。他在苏联的举动令朋友们大惑不解，并为他担心：可怜的哈默，莫非是被"伏特加"灌昏了头，他怎么会想到只需2美分一支的铅笔？

哈默从德国法伯铅笔公司高薪聘请了技术人员，很快便把铅笔生产出来了。

第一年他就获得了250万美元的纯利，第二年达到了400万美元。哈默就是凭着一支小小的铅笔，在短时间便名声大振，并累积了可观的原始资金。

智慧感悟

造物主总是把世上的许多事情弄得十分神秘又十分简单，一些平常的东西，往往会产生一种神奇的结果。也许，这就是上苍给我们的启示：真正的机会不在远处，往往存在于你目光能及的几步之内！

笛卡尔的偶然发现

17世纪法国著名数学家和哲学家笛卡尔，有很长一段时间都在思考这么一个问题：几何图形是形象的，代数方程是抽象的，能不能将这两门数学统一在一起，用几何图形来表示代数方程，用代数方程来解决几何问题呢？如果能这样，笛卡尔认为，这样既可以避免几何学过分注重证明的方法、技巧，不利于提高想象力；也可以避免代数过分受法则和公式的束缚，影响思维的灵活性。他觉得应当把代数和几何结合起来，使二者互相取长补短。经过很长一段时间的反复思考、分析，他认为关键在于，怎样能够将几何图形的"点、线、面"同代数方程的"数"联系起来。为了解决这个问题，他经常日思夜想。

有一天早晨，他躺在床上休息，无意间发现有一只苍蝇正在屋角的天花板上爬动。他盯着看了一会儿，头脑中忽然冒出一个念头：这只来回爬动的苍蝇不正是一个移动的"点"吗？这墙和天花板不就是"面"，墙和天花板相连接的缝不就是"线"吗？苍蝇与这些"线"和

"面"的距离显然是可以计算的。笛卡尔想到这里，情不自禁地一跃而起，找来笔和纸，迅速画出了三条相互垂直的线，用以表示两堵墙与天花板相互连接的"缝"，又画了一个点来表示来回移动的苍蝇。然后他又用 X 和 Y 来分别代表苍蝇到两堵墙之间的距离，用 Z 来代表苍蝇到天花板之间的距离。

后来，笛卡尔对他自己发现、设计的这张形象直观的"图"反复进行思考研究，终于形成了这样的认识：只要在图上找到任何一点，都可以用一组数据来表示它与另外那三条数轴的数量关系。同时，只要有了任何一组像以上这样的三个数据，也都可以在空间上找到一个点。这样，数和形之间便稳定地建立了联系。于是，一门新的数学的分支科学——解析几何学便在此基础上创立了。

1637 年 6 月，在朋友的劝说下，笛卡尔出版了杰作《方法谈》。在书中的《几何学》一文里，他所创立的解析几何这门新的数学理论体系，引起了数学的深刻革命，有效地解决了生产和科学技术中的许多重大问题，并为微积分的创立奠定了基础。

智慧感悟

天花板上爬动的苍蝇，竟启迪笛卡尔产生了关于解析几何的灵感，这是又一个广泛流传的著名故事。在创造性思考的快车道上，灵感思维备受瞩目，只要善于捕捉灵感思维的火花，创意就在一刹那。

沙尘带来的灵感

1998 年 8 月，在香港举行的第九届全国青少年发明创造竞赛暨科学讨论会上，新疆博乐市第四中学高二（1）班刘星同学的最新发明——"荒漠眼状滴灌喷头"荣获一等奖。

　　上高一时，刘星随校科技组去巴音塔拉农业综合开发区，考察由自治区人民政府引进的一套以色列滴灌设备，发现节水效果十分明显，但是听农工反映，滴灌毛管的出水眼经常发生内堵和外堵故障，让人十分头痛。这一进口滴灌设备存在的毛病，引起了刘星极大的兴趣。怎样解决这一难题？她开始在脑子里打起了"小九九"。当考察完滴灌配套设备之后，正准备深入艾比湖沿岸考察时，忽然，阿拉山口方向刮起了大风，顿时风沙弥漫，指导老师赶快下令撤退，他们纷纷爬上敞篷车，双手紧抓车厢扶手，在荒漠风暴中奔驰。汽车颠簸得厉害，当时，刘星的眼睛被沙尘迷住了，也顾不上揉，只得使劲地眨巴眼睛忍耐着。泪水不住地流，不多会儿，沙粒还是伴随着泪水被排出来了。她忽然有所顿悟：这不就有解决堵塞问题的办法了吗？当汽车逃出风区停下时，刘星急忙跳下车，擦着眼泪告诉老师，滴灌毛管出水眼被堵的问题有办法解决了——我们可以模仿人或动物眼睛的工作原理，研制一种类似眼状的喷头。老师当场就表扬了她，鼓励她大胆地去实验。

　　刘星回家后，脸也顾不上洗，就迫不及待地画出了草图，又找来废弃的塑料、胶管等材料，制成了原始模型。后来，终于制成了念珠式的毛管和一个可供解剖演示的眼状喷头。为使这一发明更趋完善，1997年暑假，指导老师又陪同她再一次去巴音塔拉农业综合开发区考察，重点研究解决内堵问题。刘星把"眼球"分为上下部分，上部分与"眼睑"接触，让上面长些短毛，以清刷进水眼，防止被堵；下部分与地面接触，让上面长些长而又硬的睫毛，以拨动泥沙，防止外堵。这样，就基本解决了滴灌设备的沙堵，所制作的"荒漠眼状滴灌喷头"模型，在香港展出和全国发明展览会上均受到了中外专家的高度评价。

智慧感悟

　　沙尘迷眼的晦气竟能和发明联系在一起，表面上看是灵感女神的光顾，实际上是一颗有准备的头脑所致，同样让沙尘迷住双眼，一个无所事事的人，会骂一声"鬼天气"，一个寻求成功的人，想到的可能是前进的另一条路径，这就是灵感在平庸的人那儿转瞬即逝，而在成功人士那里生根开花结果的重要秘密。

找块垫脚石

16 世纪中叶，意大利的沃尔塔发明了传统的化学反应电池。方法是把银片和铜片浸入水中，向水中加金属盐，连接两个金属片的电线就产生出电流。但这种方法也有缺点，它产生的电流不够稳定。

到了 20 世纪 30 年代末，美国发明家伯特·亚当斯决心对这种电池革新改进。他产生了一个大胆的设想：只用水作介质，以消除这些弊病。他用镁作阳极，用氯化铜作阴极，使用水作介质就可以产生电流，但电流太微弱了。小小的电流表上的指针总是做不出较大的摆动，这令亚当斯心灰意冷。

但是亚当斯是一个坚忍不拔的人，他仍然顽强地将实验继续下去。他是一个烟瘾很大的人，总是烟卷不离手，烟灰不断撒落在地上，即使是在搞实验时，也是如此。

他坐在家中的旧椅子上，焦急地注视着火炉上的坩埚，熔化的金属冒着火焰，照亮了阴暗的房间。坩埚中的混合物发出一股呛人的怪味，又一埚氯化铜要炼好了，可是正在这时，亚当斯手中烟卷长长的烟灰落到坩埚里了，"糟了，脏了！"亚当斯心想。他无可奈何地怀着侥幸心理做好了电极，并把它装到捡来的婴儿罐头盒中。当他把自己的土电池加上水，接上电流表之后，电流表的指针猛然跳了起来，盼望已久的大电流终于出现了。"得到了！得到了！"亚当斯用力摇醒妻子，以至于妻子艾玛以为他被烫着了。

事后亚当斯分析，一定是烟灰中含的碳产生了作用。他于是在合金中加入各种含碳物质进行试验，包括木炭、硬煤，甚至食用糖。每天夜里艾玛都周期性地被七八个在黑暗里闪烁的灯泡和慌忙起身的亚当斯吵醒。最后，这种水介质电池终于成功了，它可以仅仅加水就能长期使用，输出电流稳定，具有广阔的使用前景。1940 年，亚当斯申请并取得了美国专利。

智慧感悟

联想是打开智慧大门的最简单和最适宜的钥匙，不起眼的烟灰，成为亚当斯搞发明创造的垫脚石。垫脚石不是什么罕有之物，它的功用不过是当你遇有不便时帮你一把。

垫脚石之所以有化腐朽为神奇之功，奥秘在于故事中的主人公皆在创造的状态中。一个无所用心、思维僵滞的人，垫脚石是空无一用的。

一个念头带来成功

"冰淇淋甜筒"的发明者，是鸡蛋饼的摊主。

1904年，在圣路易博览会上，一个男子租了个摊位卖热鸡蛋饼，他一直用纸盘子盛鸡蛋饼。一天，他的纸盘子用完了，由于怕影响自己的生意，没人肯把纸盘子卖给他，他只好把鸡蛋饼直接卖给顾客，结果，鸡蛋饼里的三种配料都流到顾客的袖子上了。无奈之下，他只好改卖冰淇淋，以折扣的价格从邻近摊位购进冰淇淋，然后转卖出去。然而，他的脑子却在思考着如何处理那些剩下来的鸡蛋饼原料。突然，一个念头闪现过他的脑海。第二天，他做了100张鸡蛋饼，并用一块铁片把它们压扁，然后把这些饼片卷成圆锥状，里面填上冰淇淋，那天中午之前，他把这1000张装有冰淇淋的鸡蛋饼卖完了。

后来，他专门从事"冰淇淋甜筒"的制作，成为一名富商。

每个人都可能碰到过诸如纸盘子卖完之类的事情。一般人只是屈服于事情的逆转，而这位鸡蛋饼摊主并不是这样，他的脑子里总是转动着在挫折面前如何让自己成功的念头，念头产生之后，立即付诸行动。

正是这种呵护并用心经营自己念头的精神，使他迈出了成功的第一步。念头有时候就是好的创意，有了念头并敢于迎接失败的人，最终超越了失败，而把念头束之高阁不想失败的人，最后却走向了失败，一事无成。

美国商人里力在创制口香糖的初期，销势清淡，顾客稀少，仅有少许的儿童顾客。口香糖是不是没有赚钱盈利的商机呢？肯定不是。里力决定用心机来创造商机，他找来一本电话簿，按照电话簿上的地址，给每个家庭免费寄去4块口香糖，他一口气寄去了150万户，共600万块。此举令其他商人大惑不解。谁知几天以后，这一出奇的谋略奏效了，孩子们吃完里力赠送的口香糖，都吵着还要吃。聪明的里力紧接着走第二步棋：回收口香糖纸，换取口香糖。孩子们为了多得糖纸，就动员大人也大吃口香糖。这样，大人小孩儿一起吃，没过多久，口香糖就被里力炒成了畅销世界的热门货。

智慧感悟

心机与商机虽一字之差，但两者之间的联系颇为密切。心机就是智慧，就是谋略。心机诱发商机，商机反过来又刺激经营者心机的提升。其实机会无处不在，无处不有，就看你有没有智慧去发掘它。成与败之间往往就只差那一点心机。

百万身价的人

两个青年一同开山，一个把石块砸成石子运到路边，卖给建房的人；一个直接把石块运到码头，卖给杭州的花鸟商人。因为这儿的石头总是奇形怪状，他认为卖重量不如卖造型。3年后，他成为村里第一个盖起瓦房的人。

后来，不许开山，只许种树，于是这儿就成了果园。等到秋天，漫山遍野的鸭梨招来八方商客，他们把堆积如山的鸭梨成筐成筐地运往北京和上海，然后再发往韩国和日本。因为这儿的梨汁浓肉脆，鲜美无比。就在村里人为鸭梨带来的小康生活欢呼雀跃时，曾经卖石头的那个果农卖掉果树，开始种柳。因为他发现，来这儿的客商不愁买不到好梨，只愁买不到盛梨的筐。5 年后，他成为第一个在城里买房的人。

再后来，一条铁路从这儿贯穿南北，北到北京，南抵九龙。小村对外开放，果农也由单一的卖果开始谈论果品的加工及市场开发。就在一些人开始集资办厂的时候，这个村民在他的地头砌了一座 3 米高百米长的墙。这座墙面向铁路，背依翠柳，两旁是一望无际的万亩梨树。坐火车经过这儿的人，在欣赏盛开的梨花时，会突然看到四个大字："可口可乐。"据说这是五百里山川中唯一的广告。那墙的主人凭着这墙，第一个走出了小村，因为他每年有 4 万元的额外收入。

20 世纪 90 年代末，日本丰田公司亚洲代表山田信一来华考察。当他坐火车路过这个小山村时，听到这个故事，他被主人公罕见的商业头脑震惊，当即决定下车寻找这个人。当山田信一找到这个人的时候，他正在自己的店门口跟对门的店主吵架，因为他店里的一套西装标价 800 元时，同样的西装对门就标价 750 元；他标价 750 元时，对门就标价 700 元。一个月下来，他仅仅批发出 8 套西装，对门却批发出 800 套。山田信一看到这情形，以为被讲故事的人骗了。但当他弄清楚事情的真相后，立即决定以百万年薪聘请他，因为对门那个店，也是他的。

智慧感悟

一个智商很高的人，一定是一个善于发现机会的人；一个智商很高的人，一定是一个充满敏锐目光的人；一个智商很高的人，也必定是一个开拓型的人才。这样的人必定会在群雄逐鹿的市场竞争中稳操胜券。

信息里的机会

1987 年 9 月 23 日上午 10 时 5 分，这是一个令人难忘的日子，上海乃至整个中国的人们都可以看到，距地球 1.54 亿千米外的太阳，被 38 万千米外的月亮遮掩。

人们激动了，千万人遥望天空，人们用 X 光底片、照相底片、太阳镜，甚至用玻璃涂上墨汁来观察日环食。不知人们是否记得，在这众多的观察工具中，有一种最受欢迎的观察工具——"日食观察卡"。

谁也没注意到，"日环食"这一信息成为沈阳市东陵区 53 汽车零件厂的获利机遇。

厂方经过市场调研，抓住"为了观看本世纪在我国境内最后一次日环食"这一心理，以极小的代价，制造了一种"日食观察卡"，并申请了专利号：87203172，成为独家经销的产品。

市场经济信息的瞬间捕捉，给企业带来了巨大的经济效益。据不完全统计，仅在上海，"日食观察卡"就售出了 350 万张之多。

智慧感悟

"机不可失，时不再来。"只有善于捕捉信息的人，才能把赚取巨额利润的机遇变为现实。那些最有希望的成功者并不一定都是才华多么出众的人，而是那些最善于利用每一次机会去发掘开拓的人。

有需要就有市场

有一天，索尼公司的创始人盛田昭夫来到公园里散步，看到好朋友手提着一台笨重的录音机，耳朵上戴着耳机，也在公园里悠闲地走来走去。

盛田昭夫感到奇怪，就问道："你这是怎么一回事？"

好朋友回答说："我喜欢听音乐，可又不愿意吵到别人，所以只好戴上耳机，一边散步一边听音乐，真是一种惬意的享受。"

老朋友的一句话，触动了盛田昭夫的灵感：是不是可以生产一种可随身带着的听音乐的机器呢？新产品"随身听"的构想就由此萌芽。

根据盛田昭夫的设想，技术力量十分雄厚的索尼公司立即进行了缩小录音机零件的研制工作。没过多久，世界上最小的录放音机就问世了。

这种新型录放音机刚投入市场时，销售部门和销售商担心地说："这种必须使用录音带的机子，却没有录音的功能，大家会接受它吗？"

盛田昭夫坚定地说："汽车音响也没有录音的功能，可是每部车都需要它。你们应该明白一点：有需要就会有市场！"

智慧感悟

机遇不是一眼就能够看出来的，它需要你对事物有准确的判断力，对未来的真知灼见，以及机遇来临时不假思索地利用。能够发现机遇的人是走在最前面的人，也是最终取得成功的人。

不贴身的雨衣

一天，有位小学生放学回家正值大雨倾盆，这位小学生虽然身着雨衣，但是雨衣贴着裤腿，雨水顺着雨衣灌满了两只鞋。这种情景，对于穿雨衣的人来说太熟悉了，谁还会对此提出异议呢？或许是小孩子更易幻想，或许是小孩子更少成见，他展开了想象的翅膀："有没有办法让雨衣不贴身呢？"这个问题一直在他脑中盘旋。

有一次，他和父母一同去观看文艺演出，舞台上的演员在旋转时，长裙的下摆像伞一样徐徐张开了。他的头脑中立刻闪现出了使雨衣不贴裤腿的灵感，"对，如果雨衣也能像裙子那样张开，问题不就解决了吗？可是，走路又不能旋转，这怎么办？"回到家里，他眼前还是旋转着的长裙，目光却落到了一只塑料救生圈上，终于，灵感又一次帮助他解决了难题：将雨衣的下边做成一只救生圈，穿的时候吹足气，不就不贴在身上了吗？"充气雨衣"诞生了，他因此获得了第一届全国青少年科学创造发明比赛一等奖。

智慧感悟

故事中的小学生在观看文艺演出时从演员的长裙中找到发明不贴身雨衣的灵感。"发明大王"爱迪生有一句至理名言："发明是百分之一的灵感加上百分之九十九的血汗。"道出了孕育和呼唤灵感的艰辛。但在灵感降临的一刹那，最为贴切的词汇却是四个字——灵机一动。

无论是以动机为前提的创新灵感寻觅，还是由于外界事物启发而偶然产生的灵感闪现，都是由于大脑中原有"某种准备"，在得到启发后，使灵感思维处于激发状态，建立起许多暂时联系而迅速结合的产物。看似灵机一动，其实早有准备，是长期积累、偶然得之的结果。

最顶尖的雕像

乡下人的门前放着一尊巨大的石像，放在那里很久了，任凭风吹雨淋。

一天，一个城里人经过这里。他看到了石像，便问乡下人能不能把石像卖给自己。乡下人听了，想都没想就说："你居然要买这块石头，我一直为它挡在门前而苦恼呢！"

"那我花20元买走它。"城里人说。乡下人很高兴，因为这不但使自己得到了20元，而且也让门前的场地宽敞了许多。

石像被城里人设法运到了城里。几个月后，乡下人进城在大街上闲逛。他看见一间富丽堂皇的屋子前面围着一大群人，其中有一个人在高声叫着："快来看呀，来欣赏世界上最顶尖的雕像，只要40元的门票。"

于是，乡下人买了门票走进屋子，也想要一睹为快。事实上，乡下人所看到的正是他卖掉的那尊石像。

智慧感悟

面对一件平平常常的事物，一般人会视若无物，毫不珍惜。而对于一个聪明的人来说，他的眼光是独特的，能从中发现玄机并善于利用这种机会，所以成功对他来说也就很容易了。而一般人最后只能眼睁睁看着成功溜走，并为此付出不小的代价。

猫的功劳

电木是人们对酚醛塑料的俗称，是由美国著名化学家贝克兰于 1906 年发明的。

贝克兰从小聪明好学，获得博士学位后开始在一家摄影公司工作，当时的材料工业很落后，没有塑料，摄影公司制作唱片要用虫胶。虫胶是由一种叫紫胶虫的小介壳虫分泌出来的，但几万个紫胶虫的分泌物收集起来才有 1 磅虫胶。

贝克兰想：应该发明一种材料作为虫胶的代用品。

科学研究，总是以前人的研究成果为起点。贝克兰花费了很大一段时间，查阅有关的论文和实验报告。在一本发黄的杂志上，贝克兰看到一则报道：19 世纪 70 年代，德国化学家贝耶尔发现甲醛和苯酚可以发生化学反应。贝克兰从这里受到启发。他决定重复贝耶尔的实验，看看甲醛和苯酚到底"相处"得怎么样。

然而，要让它们发生化学反应"合二为一"，并不容易，经过不知多少次的失败之后，贝克兰在 1909 年合成了甲醛和苯酚的化合物。这种化合物为胶体状，有点像桃树和松树上的树脂。因此，贝克兰把它称为"酚醛树脂"。

酚醛树脂的性质怎么样？有什么用途呢？贝克兰决定做进一步研究。

几年来，为了合成酚醛树脂，贝克兰什么都顾不上，一心扑在工作上。实验室也多年没有彻底清理，老鼠成了实验室的"常客"。贝克兰想，该治一治老鼠了。

于是，他从朋友家抱回了一只猫。没想到，这只猫由于长期"养尊处优"，变成了一只懒猫。它与老鼠"和平共处"。

猫不解决问题，那就用捕鼠器试试，贝克兰从市场买来了一个捕鼠器。

一天晚上，贝克兰做完工作之后，在捕鼠器的夹子上安放了一块奶酪，然后，将捕鼠器放在老鼠经常光顾的试验管架边上。新鲜的奶酪散发出诱人的香味，贝克兰就等着第二天收拾"战利品"了。可出乎意料，第二天一早他走进实验室一看，捕鼠器上竟然没有夹住一只老鼠！更令人气愤的是，地上"躺"着几支试管，有一支试管还"躺"在奶酪上。

"这是怎么回事？"贝克兰十分生气，有一种"偷鸡不成反蚀一把米"的感觉。

"喵——"蹲在实验室一角的懒猫的叫声提醒了贝克兰。他明白了，这肯定是这只懒猫干的。

贝克兰真想狠揍懒猫一顿。但他还是先收拾一下狼藉的地面吧。于是，他俯身拾起捕鼠器，取出沾满酚醛树脂的奶酪。这时，贝克兰发现了一个有趣的现象：原本柔软的奶酪，居然变得十分坚硬，好像一块石头。

"这真是怪事。"贝克兰被这现象吸引住了。凭着科学家的敏锐和直觉，贝克兰认定这里有文章可做。他又去买了一块新鲜奶酪，并把酚醛树脂倒在上面，结果发现奶酪也变坚硬了。接着，它把酚醛树脂倒在一些松软的东西上，结果也同样使松软的东西变得非常的硬。

这些酚醛树脂与松软物的混合体有什么性质呢？贝克兰经过反复试验，确认它耐酸，耐碱，耐腐蚀，不怕火，不导电，很容易成型……这是一种绝好的新型绝缘材料！

于是，这种首次由懒猫"合成"的电木，被广泛应用于电器工业。当然，制作电木的原料之一也不再用奶酪，而是用其他物质作为填充料。

智慧感悟

天道酬勤。上帝欣赏贝克兰的发明与研究精神，才派一只懒猫来助他一臂之力。发明活动是一种创造性劳动，当你在实验室摆开战场的时候，当你为了一个问题苦思冥想的时候，幸运就会向你走来，虽然这种幸运行踪难觅，可遇不可求，但只要你不畏劳苦地学习和积累，孜孜不倦地思索和探求，幸运就会来叩你的心扉。

小牧童的发明

大约在 850 年，非洲埃塞俄比亚的一个名叫凯夫的小镇上，有一个名叫卡尔迪的牧童。他对自己养的山羊了如指掌，山羊非常听他的话，只要他吆喝一声，或甩一下鞭子，它们便聚拢在他身旁，听从他的指令。

有一天，他把山羊赶到了一片新的草地上，草地周围有一大片灌木。山羊痛痛快快地吃草和灌木叶。到了晚上发生了奇怪的事，那些山羊变得不听他的话了。尽管栏里已收拾得干干净净，它们还是挣扎着要往外跑。牧童"啪啪"甩着响鞭，费了好大的劲才把山羊赶进了围栏。山羊进栏后也不像往常那样，无声地趴下，静静地入睡，而是挤来挤去，"咩咩"地叫个不停，显得很兴奋的样子。

小牧童很奇怪：羊怎么了？这是不是吃了灌木叶引起的变化？为了探查个究竟，第二天，他又把山羊赶到那片草地上留心观察。他发现，山羊除了吃青草外，还吃灌木的叶子，吃灌木上的小白花和小浆果。到晚上，山羊又表现出很兴奋、不驯服的样子。第三天，他把山羊赶到另一块草地上，只让山羊吃青草。晚上，山羊终于恢复了以前的那种安静和温驯。

看来，问题就出在那种灌木上。小牧童拔了几棵灌木带回家。他尝了尝毛茸茸的绿叶，有着淡淡的苦味。他又把摘下的浆果放到嘴里嚼，味道又苦又涩，他忙吐出来扔到炉子里，炉子里立即散发出馥郁的香味，非常好闻。小牧童就把果子放在火里烧一烧，再把烧过的果子放在水里泡着喝，味道好极了。那一天晚上，小牧童兴奋得彻夜未眠。

小牧童反复试了几次，每次都使他感到很兴奋。于是他就把这种香喷喷的、有很好提神作用的东西当饮料，来招待镇子上的人。从此，一种新的饮料就诞生了，并很快传遍了世界各地。这种新的饮料成了人们共同喜爱的东西。大概是因为它首先是从凯夫小镇传出的，人们就叫它"凯夫"。久而久之，"凯夫"被它的谐音"咖啡"取代了。

智慧感悟

不知名的灌木只是羊的饲料，牧童卡尔迪移花接木，把它"移"过来自己吃。结果这一移竟为世间增添了一道美味。万事万物都有某种相通性。因此，有人说："万物不同根但同理。"这便是小牧童能把不知名的灌木从羊的饲料移到人的饮品——咖啡的原因。世上可"移"的东西很多，不必担心资源的匮乏，只怕缺少智慧和创新力。

大豆与"维他奶"

香港豆品有限公司的创办人罗桂祥先生，虽出身职员家庭，但家境并不宽裕，中学毕业即失学，是父亲的老板余东璇先生供他读完香港大学的。大学毕业后余东璇先生又安排他做自己的秘书。1937年，罗桂祥先生受命前往上海公干，偶然在一次晚宴中，听到美国驻南京领事馆商务参赞朱利安的演说，题目是《大豆：中国的母牛》。朱利安在演讲中对中国人的营养问题有较为深刻的论述，他认为大豆给贫穷的中国人提供了既廉价又丰富的营养，因为大豆含有丰富的蛋白质，使中国人口维持增长。

罗桂祥先生受朱利安演讲的启发，从大豆、母牛、豆浆、牛奶的相似联想中，产生了"维他奶"的创意。于是告别恩人，邀几个朋友合资，创办起香港豆品有限公司。历经不断实验、生产、推销、改进，如加入一点椰子油去掉豆腥味，不用有损顾客健康的防腐剂，而用消毒密封的方法长期保鲜，使其生产的大豆维他奶和麦粒维他奶等饮料产品，广泛占有市场。现在，香港豆品有限公司名播海内外，成为东南亚地区最大的饮品公司。

智慧感悟

罗桂祥先生由一次关于大豆的演讲而联想到豆与奶的关系，并成功地进行了豆与奶的嫁接，这是相似联想方法的一次成功运用。无数例子表明，创造者必须具有普通人所想不到的联系才能，并且形成新概念，才能在已知事物的基础上作出变革性创新。

手机照片上的灵感

杜小姐是一个对一切新生事物都很敏感的人。在一次聚会上，她和朋友们聊起了手机，她和她的朋友们都希望能拥有一部与别人不同的手机。经过一番讨论，她们能想到的最具个性的办法就是把自己的照片贴在手机上。

说者无心，听者有意，杜小姐居然真的利用自己的电脑和打印机将自己的照片打印出来并贴在手机的背面电池上。

尽管一眼就能看出是 DIY 的结果，但是，她还是在同事和朋友的眼光中过了一把被羡慕的瘾。

事情到这里本来应该算完了，她拥有了她梦寐以求的个性手机，偏偏她的朋友们纷纷找上门来要求她帮忙制作。不仅如此，更有甚者，还带来了朋友的朋友。一时间，杜小姐真有些应接不暇。随后，人越来越多，杜小姐觉得这当中应该蕴藏着商机。通过一番市场调查，杜小姐认为这一行有利可图，索性将原本不错的工作辞掉，一门心思地开始了自己的手机美容之路。

开业最初的时候，杜小姐的手机美容店只有一台电脑、一台喷墨打印机和一台数码相机。业务是将图片和照片用PHOTOSHOP软件进行处理之后，用不干胶相纸打印出来，切割之后粘贴到手机的背面。这种方法存在着一些致命的缺陷。比如：手机的发展趋势是小巧化，粘贴之后无形中给手机增加了厚度；粘贴之后的视觉效果比较生硬；时间一长，不干胶的边缘会因为不断摩擦出现毛边，影响美观。不光是自己看到了材质的不足之处，客户也很快就从最早的冲动中冷静下来，于是客户慢慢减少了。

只有改变材质，才能进一步生存下来。又一轮的试验开始了。杜小姐找到一些国内外知名的打印机厂家，和他们一起研究可以打印各种材质的办法。终于她找到了一个镀膜打印机，从根本上解决了材质的问题。她又找到了适合镀膜的7~8种材料，有高光相纸、哑光相纸、透明薄膜等，基本满足了客户的要求。由于相纸的胶和厚度都得到了改善，原来出现的问题也迎刃而解了。

不仅如此，她还将自己原有的图库分门别类按照客户年龄、习惯、影视、文学、照片、绘画等方式进行组合，方便客户和工作人员查找，并且不断收集最新最热门的图片充实图库，如"神五"上天、申奥成功、哈利·波特等，现在已经有3000多种。同时她还打破一机一图的传统，增加了情侣图案。这为她带来了可观的财富。

智慧感悟

很多令人拍案叫绝的创意并不是冥思苦想出来的，往往是脑海里的灵光一闪，闲谈中的思想碰撞，这些都可以激发我们的灵感，使我们搭上成功的快车。

液体手套的发明

我国某机械厂工人廖基程在厂里劳动时看到，大部分精密零件的加工都需要用手操作。为了防止零件生锈，工人必须整天戴手套，而且手套还必须戴得很紧，手指头才能灵活弯曲。这样，不但戴上脱下相当麻烦，手套还很容易弄坏。他常想：难道只能戴这样的手套吗？能不能想个办法改进一下呢？有一天，他在帮助妹妹做纸手工艺品时，手指上沾满了糨糊。糨糊很快干了以后，变成了一层透明的薄膜，紧紧地裹在手指头上。他当时就想："真像个指头套，要是厂里的橡皮手套也这么方便就好了！"后来他又想起，小时候曾在雨后的泥泞路上行走，不小心滑倒了，双手沾满了泥污，干了以后也像戴了泥手套似的。

过了不久，有一天清早醒来，他躺在床上，眼睛望着天花板，头脑里突然想到：可以设法把手浸在一种像糨糊一样的液体里，干了以后就让手上沾的液体成为手套。不需要它时，手浸在另外一种液体里，泡一下就让它褪掉。这不比戴橡皮手套更方便得多吗？他将自己的这一设想向公司汇报后，公司成立了一个研究小组，廖基程也从生产车间调到了这个组里。经过反复研究、试制，终于发明了"液体手套"。使用这种手套，只需将手浸入一种化学药液中，就能在手上有一层透明的薄膜，像真戴上了手套一样，而且它比戴任何一种手套都更柔软、更舒适、更富有弹性。不需要它时，把手放进水里泡一下，就能完全化掉。

智慧感悟

廖基程"躺在床上，眼睛望着天花板"，头脑里出现的关于研制

"液体手套"的设想，是一段时间以来，他的显思维与潜思维共同对有关信息加工制作的成果。这一成果，这时突然由潜思维输送给显思维，于是便表现为一种灵感。这种灵感往往能起到"柳暗花明又一村"的作用，对创新思维的培养与开发来说，最大的浪费就是灵感思维这一创新资源的浪费，别让灵感像流星一样从你思维的天空划过，抓住它，让它成为照亮你成功之路的流星。

第三章

灵感来自知识的积累

　　古航海时代，水手们之间曾有个传说：在神秘广阔的大海中，有一种"魔岛"存在于海面上。明明在地图上没有的岛，却突然在一觉醒来之后，发现它就出现在周边。魔岛其实就是大海中常年累积，悄然浮出海面的珊瑚形成的。创意的产生，有时也像魔岛一样，一觉醒来自然而然地浮现在脑海之中。魔岛是一夜形成的吗？当然不是，经过了无数次珊瑚虫在海底的累积成长，在最后一刻浮出海面。

　　创意看似简单，其实并不容易。创意来源于联想和想象，而联想和想象的基础是记忆，是知识与经验的丰厚积累。"积沙成塔，堆土成山"——人对创意的形成过程，早就有了相关经验的总结。读万卷书是需要的，走万里路也是需要的——我们都需要进一步的积累。

特殊的信

　　方志敏是我国无产阶级革命家、军事家。在日本鬼子侵略中国的民族危亡之际，方志敏率先遣队北上抗日。蒋介石调集了7倍于先遣队的兵力，围追堵截。突围时，因叛徒告密，方志敏不幸被捕。

　　方志敏被关在狱中后，国民党当局采取一切手段进行"劝降"，把他安排到"优待室"，这里有桌椅，桌上有纸墨笔砚，也可以看书，敌人企图利用这个特殊的环境来软化他。但是方志敏软硬不吃，绝不投降。

　　在最后的日子里，方志敏知道敌人不久就会下毒手了，于是写了几封密信，请一个敬佩他的看守把信送交宋庆龄和鲁迅先生。可是他写的信是要通过检查的，怎样才能使信中的内容不会被敌人发现呢？他想出了一个办法，将密信安全送出去了。

　　这封信是怎么逃脱敌人检查的呢？原来方志敏在他练字的纸背面，用米汤写上密信。这样，肉眼就看不见字了。收信人用碘酒兑水将信浸湿就可以看到显出的蓝色字。

智慧感悟

　　米汤本来无色无味，但沾上碘酒就会发生化学反应变成蓝色。方志敏就是利用这一简单的化学原理将信件秘密送出去的。化学知识虽然枯燥，但应用起来能解决大问题，知识在我们进行创意思维和创意发明时永远占有极重要的一隅。

高斯智断瓶中线

高斯是德国著名的数学家，他不但有极高的数学天分而且非常聪明。这一天，高斯正顶着烈日，匆匆往学院赶去。突然，一排人拦住了他的去路。为首的一位斜着眼睛看着高斯，说："听说你是个天才，我们有一个小小的难题，你敢不敢接下来？你要是没胆，今天就别到学院去丢人现眼，乖乖地回去算了。"

这个阵势，摆明了是要为难高斯。他们拿出一个玻璃瓶，往街心一放，指着瓶里一根棉线系住的银币，要高斯把棉线弄断，但绝对不许打开瓶塞。

这倒大出高斯的意料。他本以为对方大不了出上一道数学难题，凭他们的水平，出的题也不会难到哪里去，现在面对的，却是一个跟数学风马牛不相干的问题，这些人看来是存心找麻烦来了。一时间，他无法想到正确的办法，于是，他面对这只玻璃瓶，认认真真动起脑子来。

10 分钟很快就过去了，高斯还是皱着眉，眯着眼，紧盯着那只瓶，没想出什么办法。挡路的那伙人得意起来，他们相互挤挤眼，努起嘴指着高斯。有两个对着高斯扮起鬼脸，有几个挥动手，把过路的人都叫来，想让更多的人看到神童出洋相。

很快，街中心便围上了很多人，他们有些也是学院的学生，便向别人介绍着高斯。听说他解决过上千年没法解的数学难题，大家都感到十分新奇，想看看这位天才如何走出别人给他制造的困境。

太阳光是那么的热，那只玻璃瓶偏偏放在炎炎烈日之下，高斯在紧张地思考，恐怕感觉不到什么，但他的额头却不断沁出汗珠来。一颗晶莹的汗滴跟其他几颗碰上了，合成一大滴，沿着高斯高高隆起的额头往下淌，终于在眉角上画出一道抛物线，"啪嗒"一下落在了高斯身前的石板路上。

一位戴着老花镜的老人，心疼地朝高斯走近两步，举起自己手中黑色的布伞，撑到高斯头顶，安慰他说："别着急，慢慢想。小伙子，你会想出办法的。"

高斯回头朝那位慈祥的老人笑了笑，感激他的关心。跟这位老人一照面，高斯立即想起了一个巧妙的方法，完全可以不打开瓶塞，弄断瓶中那段棉线。

高斯恭恭敬敬向老人说了句话，那老人连连点头，把自己的老花镜摘下来，递给高斯。老人往后退了两步，更加关心地看着高斯，瞧他怎样解决这个难题。

高斯在那只玻璃瓶前蹲了下来，他举起手里借来的老花镜，摆好一个角度，调整了跟瓶子的距离。阳光通过老花镜落在玻璃瓶上，透过玻璃，又照在瓶中的棉线上。

围在四周的人突然安静下来，都盯着那闪闪发亮的玻璃瓶。一会儿，大家看到玻璃瓶里突然冒出一缕轻烟，接着"叮咚"一声响，那枚用棉线系着的银币，没人碰，没人剪，落到了瓶底。高斯终于按那些找麻烦的人的要求，解决了难题。

在一阵欢呼声中，那批人灰溜溜地走了，连那枚银币也顾不上拿。高斯回过头，捧着老花镜，走近老人，鞠了个躬说："谢谢您，老人家，全亏您的老花镜，我才能把阳光聚焦，透过玻璃瓶，把那根棉线烧断。"

老人接过老花镜，戴好，在他肩上拍了一把："小伙子，不用谢我，全靠你的聪明才智，才能解决这个难题！"

智慧感悟

不能弄破瓶子，却要弄断瓶中的细棉线，这个难题怎么解决呢？高斯用老花镜代替凸透镜，用透镜聚光的原理把太阳光都聚集在焦点上，终于烧断了细线。想想看，如果这个难题出现在你身边，你能将自己的知识转化为解决问题的有力工具吗？

以火灭火

有一天，美洲草原上突然间燃起了大火，烈火借着风势越烧越旺，终于形成了冲天烈焰，吞噬着所过之处的一切。

这时，恰好有一群游客在草原上游玩。看着不远处的熊熊烈火正在向他们扑过来，面临这从未遇到过的、突如其来的险情，游客们一个个惊慌失措，一边乱跑，一边大声地喊叫着，不知该怎么办才好。

幸好有一位老猎人与他们同行。他一见情况十分危急，便站了出来，果断地喊道："为了我们大家都有救，现在都得听我的!"

慌乱的人们停下来，并慢慢地安静下来，大家只得乖乖地听从老猎人的指挥。

老猎人便让大家赶紧动手拔除面前的这片干草，清出一块空地来。于是，大家一起动手，很快就清理出了一块空地。

这时，大火越来越逼近了，人们已经感到了烈焰的灼热。再看看面前的这一小块空地，每个人的心中仍充满了恐惧——大火很可能会顺着风势越过这一小块儿空地，将人们埋葬在火海里的。

但老猎人却胸有成竹，清出空地只不过是他的第一招儿。这时，他叫大家站到空地的一边，自己则站在靠近大火的一边。当他看到烈火像一条巨大的游龙一样越来越近时，便果断地在自己的脚边放起火来，于是，眨眼之间，在老猎人的身旁就升起了一道火墙。

游客们简直惊呆了，这不是引火烧身、自寻死路吗？由于不能理解这其中的奥秘，人们竟然责骂起这位老猎人不该对众人的生命这样不负责任!

然而，奇迹发生了——老猎人点燃的这道火墙竟迎着那边的大火烧了过去，当两边的大火烧成一片时，火势反而骤然减弱，并且渐渐地熄灭了。

游客们终于脱险了，大家这才长长地松了一口气。目睹刚才老猎人以火灭火的绝招儿，人们纷纷向他请教：这样做究竟是什么道理？

老猎人笑笑说："这也是没有办法的办法。草原失火，看起来风是向着我们这边刮的，但在靠近大火的地方，气流还是会向着火焰那边吹。我就看准了时机放了这把火，借这股气流向那边扑去。这把火把附近的草木都烧光了，那边的大火也就烧不过来了，于是我们就得救了。"

智慧感悟

世事洞明皆学问，生活中处处藏着深刻的智慧。一个貌不起眼的老猎人，运用自己的生活经验以火灭火，以看似荒唐之举做了非凡之事。这个办法看似简单，但若没有丰富的草原生活经验，谁敢拿自己的性命开玩笑去以火灭火呢？而且如果把握不住点火的时机，照样不能成功。因此说，智慧蕴藏于生活的点滴中。

冰间水道

1909 年，美国探险家皮尔里率领一支探险队，历经千辛万苦，终于首次到达北极点，完成了探险史上的一大壮举。

北极四季都是冰天雪地。这天，皮尔里带着大伙儿出来考察。大家兴致盎然，迷恋于壮观的晶莹世界，一边跋涉冰上，一边谈笑风生。可走着走着，面前出现了一条冰间水道，足有十多米宽，像一条大河一样，挡住了他们的去路。这是事前没有预料到的，因为他们自从来到北极后，从未看见过冰间水道。冰间水道，水温极低，要想游过去是不可能的，深不可测的河道随时可能吞噬大伙的生命。怎么办？造桥，可周围是一望无际的冰原，连一草一木的影子也见不到，用什么来造？乘船，更不可能了。这时，有几个队员对水道望而生畏，要打退堂鼓。皮尔里和大多数伙伴坚决不同意，皮尔里反驳道："水道确实难过，但一遇困难就回头，那还能办成什么事呢？"

几个想打退堂鼓的队员被皮尔里铿锵有力的话鼓舞，表示要共渡难关。大家绞尽脑汁，想啊想啊，突然，有一个队员高兴地叫喊起来："有了！队长，咱们不是有斧头和凿子吗？这下可派上大用场了。"

大伙迷惑不解，以斧头和凿子尺寸之长，难道能当跳板用不成？皮尔里也不解地问道："什么办法，快讲给大伙听听。"

这个队员回答说："冰的比重小于水，因而能浮在水面上。只要用斧头和凿子按一定的要求，凿成冰块，推入水中，做成'冰筏'，人和装备都放在冰块上，像划船一样，渡过河去，不就成了！"

"对呀，我怎么就没有想到呢？"皮尔里拍着后脑勺恍然大悟。

大伙儿欣喜若狂，一齐动手，不一会儿工夫，全体队员和各种装备，都安全到达对岸，向着北极继续前进。

智慧感悟

面对困难时，人的智慧是无穷的，只要能够灵活应用所学知识，总能为自己找到一线生机。冰的密度小于水，所以能浮在水面上，这是大家都知道的物理常识，然而只有非凡之人才能于千钧一发之时，动用心智的力量，为自己开辟道路。

巧用浮力捞铁牛

相传北宋的时候，有个河中府（今山西省西南部），那里有一座浮桥，浮桥是用8只大铁牛固定着的，其中每个铁牛都有几万斤重。

宋英宗治平年间，河中府涨起了大水。洪水冲毁了很多农田和房屋，最后像一头下山的猛兽，奔涌到河道里。由于水势过猛，人们用了许多年的浮桥被洪水冲垮，就连固定浮桥的大铁牛也被牵动而沉在了河水里。

没有浮桥，人们没有办法过河，河两岸的人民生活十分不方便。于是，当时的官府四处招募能捞出大铁牛的人。可是，人们想，那么重的铁牛，即便是在地面上都不好挪动，如今又沉到了水底，怎么才能把它捞上来呢？正在全城人都议论纷纷、一筹莫展的时候，有个和尚到官府去应招了。

那个和尚名叫怀丙，据说他十分聪明，曾经把一座有点倾斜的石桥"正"了过来。于是，人们就等着看他能想出什么办法捞出这8只大铁牛。

在众人的期待中，怀丙说出了自己的办法：找到两只大船，在船里装满土，让两只船从两边逼近铁牛，然后并排拴紧木船，再在木船上搭个大架子，最后用粗绳子的一头拴住铁牛，另一头绑在船上的架子上，接着卸掉船上的土。土去掉了，船就会向上浮，铁牛也就从河里被捞出来了。

官府听到怀丙的这个办法觉得很有道理，便组织了人力，找到大船，把船泊到了河面上。只见那怀丙和尚不慌不忙，指挥大家按照他的说法一步步地做下去。在从船上往下卸土时，人们都非常着急，怀丙便告诉大家，一定要慢慢卸，并且还要均匀地把土从船上卸下去。在他的指挥下，只见那沉入河里的大铁牛渐渐露出水面，最后被人们一只只拖到岸上。在河两岸观望的人们一阵欢呼，大家都赞叹怀丙和尚的聪明，感谢他为人们解决了一个难题。

智慧感悟

巧用浮力，捞起几万斤重的大铁牛，这个创意的知识含量很高。把知识应用到现实中解决实际问题，如果设计得巧妙的话，可以省时省力，达到事半功倍的目的，在那些不会主动开动脑筋探求问题解决方法的人那儿，知识只是一潭死水，而在一个有创意的头脑中，即使是死水也能激起令人欣喜的涟漪。

田忌赛马

齐国的大将田忌很喜欢赛马。有一回，他和齐威王约定，要进行一场比赛。他们商量好把各自的马分成上、中、下三等，比赛采用三局两胜制。由于齐威王每个等级的马都比田忌的马强得多，所以比赛了几次，田忌都失败了。

田忌觉得很扫兴，比赛还没有结束，就垂头丧气地离开赛马场，这时，田忌抬头一看，人群中有个人，原来是自己的好朋友孙膑。孙膑招呼田忌过来，拍着他的肩膀说：

"我刚才看了赛马，威王的马比你的马快不了多少呀。"

孙膑还没有说完，田忌瞪了他一眼：

"想不到你也来挖苦我！"

孙膑说："我不是挖苦你，我是说你再同他赛一次，我有办法准能让你赢了他。"

田忌疑惑地看着孙膑说：

"你是说另换一匹马来？"

孙膑摇摇头说：

"连一匹马也不需要更换。"

田忌毫无信心地说："那还不是照样得输！"

孙膑胸有成竹地说：

"你就按照我的安排办事吧。"

齐威王屡战屡胜，正在得意扬扬地夸耀自己马匹的时候，看见田忌陪着孙膑迎面走来，便站起来讥讽地说：

"怎么，莫非你还不服气？"

田忌说："当然不服气，咱们再赛一次！"说着，"哗啦"一声，把一大堆银钱倒在桌子上，作为他下的赌注。

齐威王一看，心里暗暗好笑，于是吩咐手下，把前几次赢得的银钱全部抬来，另外又加了一千两黄金，也放在桌子上。齐威王轻蔑地说：

"那就开始吧！"

一声锣响，比赛开始了。

孙膑先以下等马对齐威王的上等马，第一局输了。齐威王站起来说：

"想不到赫赫有名的孙膑先生，竟然想出这样拙劣的对策。"

孙膑不去理他，接着进行第二场比赛。孙膑拿上等马对齐威王的中等马，获胜了一局。齐威王有点心慌意乱了。

第三局比赛，孙膑拿中等马对齐威王的下等马，又战胜了一局。这下，齐威王目瞪口呆了。

比赛的结果是三局两胜，当然是田忌赢了齐威王。

还是同样的马匹，由于调换一下比赛的出场顺序，就得到转败为胜的结果。

智慧感悟

田忌和齐威王赛马，最初以失利告终。田忌的好朋友孙膑帮他想了个办法，只调换了一下马的顺序就用原来的三匹马胜了齐威王。在为孙膑叫好的同时，我们也应该想想点子背后的东西，孙膑的办法应用了哲学中量变质变的原理：事物在总体数量不变的情况下，改变一下各个部分的排列次序就可以引起本质上的变化。哲学原理虽然艰深晦涩，但只要领会其中的意旨，对现实生活还是很有指导性的。

太阳开道

每年的11月，正是南半球的夏季。这时候，南极洲的天气应该是最好的。各个在那里有长期观察站的国家，总要设法派船去，接送人员，补充给养，南极洲附近的洋面，就显得热闹了一些。

但是，南极洲毕竟是世界最大的冰库，那儿98%的土地被冰雪覆盖，冰层有几公里厚。南极洲还是全世界风速最强的大陆，最大的风速可以达到每秒75米，是我们常说的8级风的4倍。

一旦强烈的风暴刮起来，粗大的冰柱也会被刮断，沿海的薄冰区立刻封冻，连生了锈的铁链也会被风擦得透光锃亮，一切活动也只能停下，等候风暴的结束。

海洋运输船"高斯"号，不巧就碰上了这么一场巨大的风暴。两个小时以前，"高斯"号还沿着航道顺利地朝目的地前进，谁知老天说变就变，强风挟着寒气，猛烈地袭击了"高斯"号，把巨大的海轮刮得偏离了航道两公里，幸好还没翻船。但是，当风暴变小之后，船上的人才发现，整条船是因为被厚厚的冰层冻住了，才免遭颠覆的灾难。

其实，现在"高斯"号的境遇，跟被强风吹得翻了船也没有多少区别。船的四周，是一片白茫茫的冰原，温度下降到零下 50 多摄氏度，要想从厚厚的冰层中劈开冰道，冲出重围，几乎是不可能的，整个"高斯"号就像被埋在冰雪的坟墓中一样。现在，所有"高斯"号上的人只能作一场置之死地而后生的斗争了，必须把轮船开出两公里，回到航道上，才能离开这个冰雪的地狱。

两公里的航程，在平常的航线上，"高斯"号只要眨眼的工夫便对付过去了，现在却十分艰难。经过船员们辛苦劳动，轮船的周围凝住船体的冰块总算被除去了，轮船可以在冰水中晃动，却无法前进一步。

于是，船长下令动用了船上备用的炸药。船员们凿冰洞，埋炸药引爆，船前方的冰被炸开了一段。船艰难地往前开了一小步，可是，对于还剩下的那一段冰原来说，炸药的能力和数量简直只是杯水车薪。要靠船上的炸药开辟两公里长的航道，就像让一个孩子举起世界冠军能举起的重量。

从船长到每一个船员，甚至准备去南极洲工作的科学家，都感到前途渺茫。无线电天线被风暴刮走了，无法跟其他船只联络。即使有通信设备，基地要派另一艘船到达这里，也要好几个月。几个月以后，整个南极洲将陷入漫漫长夜，气温会变低，冰原会再扩大出几十公里。那时候，世界上最强大的原子能破冰船，也无法为"高斯"号开辟一条航道。

看来，"高斯"号只能被遗弃在这茫茫冰原中了，只要人员能脱险，就是不幸中的万幸。船长已经准备弃船，组织一支步行的南极"探险队"，一边行动，一边等待可能的空中援救。

这时候，船上的厨师罗伯斯特敲开了船长室的门，说出了自己考虑了半天的想法："现在风暴已经停了，太阳也露出云层，这太阳还能晒上一两个月呢。如果我们把锅炉里的煤灰铺到轮船前面的冰上，黑色的煤灰能吸收更多的热量，晒上几天，或许冰就会融化，咱们就可以把船驶到航线上去了。"

正一筹莫展的船长听了罗伯斯特这席话，立刻感到茅塞顿开。船长立刻发动全体船员，在"高斯"号船首开始铺上黑色航道。船上的煤灰不多，只要铺得比船身略略宽一点便行。这么一路铺出去，一条黑色的长带，一直延伸到冰原的边缘。

果然，不出罗伯斯特所料，不落的南极洲太阳一连晒了5天，船首的冰开始融化。"高斯"号发动起来，小心翼翼地用船头撞向变薄变脆的冰层，"咯咯"一阵响声过后，阻挡"高斯"号的冰原开始断裂，船便沿着一条狭窄的航道直往前开去。

"高斯"号穿过冰原的小支流，艰难地前进了两公里，开到了主航道上。幸亏这些日子里，没有再刮风暴，而且南极洲正处在夏季，冰原只会缩小不会扩大，"高斯"号才能让阳光为自己开道，冲出了围困自己的冰层。

智慧感悟

在冰天雪地的南极冰原上，偏离了主航向的船命悬一线。但是一位不起眼的厨师的办法却能力挽狂澜，救了大家的性命。黑色的物体比白色的物体能吸收更多的热，在南极洲的太阳照射下，冰层终于化开了。即使是愚者，千虑也会有一得。只要我们能挖掘出自己的潜"智"，便可成就一番非凡事业，成为人生旅途中的掌舵者。

阿基米得的"秘密武器"

2000年前，罗马军队前来攻打希腊叙拉古城。在城北，侵略军开始强攻，叙拉古城的男子差不多都上了城头，他们浴血奋战，拼死抗敌。可是罗马军队又派出几十艘战船从海上驶来，准备从城南进攻。

守城的士兵大都上了北城墙，南门上只有几个老兵放哨。敌船越来越近了，站在岸上的老人、妇女和孩子们，都非常惊慌，甚至吓得又哭又叫。

阿基米得得到消息后，立即赶到城南。他站在城门楼上，向海面上凝视了一会儿，然后又抬头望望天空。只见万里无云，骄阳喷火，于是他有破敌的主意了。

他把全城不能上战场的老弱病残、妇女和儿童两三千人，全部集中起来。阿基米得站在高高的岩石上，对大伙说："我们虽然手无缚鸡之力，但我们同样可以打败侵略者。现在大家听我的安排……"在阿基米得的指挥下，人们纷纷跑回家，拿来"武器"，再次集合到海边。

阿基米得用什么"武器"打败了敌人？

原来，这个"武器"就是镜子。他把上千人排成一个弧形，每人手里拿着一面镜子，把太阳光反射到白帆上。不一会儿白帆燃烧了起来，接着那浸了油的帆绳、木头桅杆都噼噼啪啪地着了火。浓烟大火，弥漫了整个船队，后面的战船吓得掉头就跑。

不一会儿，侵略军的战船全都起了火，有的葬身于汪洋大海之中，有的仓皇逃跑了。

智慧感悟

利用光线反射把太阳光聚焦到敌船白帆上，使其着火燃烧，让敌人不战自退，不发一兵一卒，不动一刀一枪，阿基米得利用自己头脑中的知识储备打败了敌人。心智的力量是无穷的，这才是创意的真正源泉。

第四章

想象力比知识更重要

爱因斯坦说："想象力比知识更重要，因为知识是有限的，而想象力概括世界上的一切，推动着进步，并且是知识进化的源泉。"

当你对所有的事都好奇时，你会发觉这个世界变化万千、璀璨绚烂，所有的可能都在等着你。当你大胆假设时，许多平时意想不到的事，也都变成可能。所以，让想象做一次高空飞行吧！

气压计测楼高

校长接到物理老师的电话，问校长愿不愿意为一个试题的评分做鉴定人。物理老师想给他的一个学生答的一道物理题打零分，而他的学生则声称他应该得满分。这位学生认为如果这种测验制度不和学生作对，那他一定要争取满分。老师和学生同意将这件事委托给一个公平无私的仲裁人，而校长变成了不二人选……

校长来到老师的办公室，并阅读这道试题。试题是："试证明怎样能够用一个气压计测定一栋高楼的高度。"

学生的答案是："把气压计拿到高楼顶部，用一根长绳子系住气压计，然后把气压计从楼顶向楼下坠，直到坠到街面为止；然后把气压计拉上楼顶，测量绳子放下的长度。这长度即为楼的高度。"

这是一个有趣的答案，但是这学生应该获得称赞吗？校长指出，这位学生应该得到高度评价，因为他的答案完全正确。另一方面，如果高度评价这个学生，就可以给他物理课程的考试打高分；可高分就证明这个学生知道一些物理学知识，但他的回答又不能证明这一点……

校长让这个学生用6分钟回答同一问题，但必须在回答中表现出他懂得一些物理学知识……在最后一分钟里，他赶忙写出他的答案：把气压计拿到楼顶，让它斜靠在屋顶边缘处；让气压计从屋顶落下，记下它落下的时间；然后用落下的距离等于重力加速度乘下落时间的平方的一半算出建筑物的高度。

看了这个答案后，校长问老师是否让步。他让步了，于是校长给了这个学生最高的评价。正当校长要离开老师办公室时，那位同学说他还有另外一个答案，于是校长问是什么样的答案。学生回答说："啊，利用气压计测出一个建筑物的高度有许多办法。例如，你可以在有太阳的日子，在楼顶记下气压计上的高度和它影子的长度，再测出建筑物影子的长度，就可以利用简单的比例关系，算出建筑物的高度了。"

"很好。"校长说，"还有什么答案？"

"有呀！"那个学生说，"你可以用一根弦的一端系住气压计，把它像摆那样摆动，然后测出街面和楼顶的 g 值（重力加速度）；从两个 g 值之差，原则上就可以算出楼顶的高度。"最后他又说："如果不限制我用物理学方法回答这个问题，还有许多其他方法。例如，你拿上气压计走到楼房底层，敲管理人员的门。当管理人员应声时，你对他说下面一句话：'亲爱的管理员先生，我有一个很漂亮的气压计。如果您告诉我这栋楼的高度，我就把这个气压计送给您……'"

智慧感悟

怎样用气压计测量楼房的高度，这个问题的答案并不难，可是标准答案并不是唯一的答案，这名学生在回答问题时运用了发散思维，而不是拘泥于传统思维的框框中，从而使答案变得更精彩。发散思维是创意的温床，它要求我们不要僵化自己的思维和评判标准，要敢于探寻所有可能的答案。

多一种方案

几年前，荷兰一个城市发生了垃圾问题。这个城市一度相当干净，但由于人们不愿使用垃圾桶，结果垃圾四处堆积。

卫生部门对此提出了许多解决的办法，希望能使城市清洁。第一个方法是：把乱丢垃圾的人的罚金从25元提高到50元。实施后，收效甚微。第二个方法是：增加街道巡逻人员的数量。然而实施成效同样不明显。

于是，有人提出了这样一个问题：假如人们把垃圾丢入垃圾桶时，可以从桶里拿到钱呢？我们可以在每一个垃圾桶上装上电子感应的退币机器，在人们倒垃圾入桶时，就可以拿到十元奖金。

但是，这个点子明显难以实施，因为假若市政府采用了这个办法，那么过不了多久就会使财政拮据或发生危机。

上述建议虽然不切实际未被采用，但可以被用作垫脚石。他们想到："是否有其他奖励大家用垃圾桶的办法呢？"这个问题有了答案。卫生部门设计出了电动垃圾桶，桶上装有一个感应器，每当垃圾丢进桶内，感应器就有反应而启动录音机，播出一则故事或笑话，其内容每两个星期换一次。这个设计大受欢迎。结果所有的人不论距离远近，都把垃圾丢进垃圾桶里，城市又恢复了清洁。

智慧感悟

寻找新方案最稳妥的方法，就是将思维发射到四面八方，绝不要在刚找到第一种正确答案时就止步不前，而是继续寻找其他的答案。

没有哪种方案是完美无缺的，如果你只钟爱一种方案，你就看不到其他方案的长处，因而会失去许多机会。生活的最大乐趣之一，就是能够不断地从过去珍爱的思想中走出来。这样，你才有可能非常自由地在新天地中驰骋。

橡胶的妙用

　　1493 年，哥伦布在美洲的海地岛发现当地儿童都喜欢把天然生橡胶捏泥丸一样将它捏成一团，捏成弹力球。哥伦布觉得这种玩具很有趣，就带了几个球回欧洲，并引种了这种树木。但是，这种生橡胶的性能不太好，受热易变形，发黏，受冷又易发脆。因此，它的功能受到了局限。后来美国的一个发明家在生橡胶里加入了硫黄，这使生橡胶的熔点、牢固度大大增强，后来又有人在生橡胶中加入了炭黑，使之更加耐磨，生橡胶的用途也日益增加。

　　苏格兰有一家用生橡胶生产橡皮擦的工厂，厂里有一位像法拉第那样梦想成为科学家的工人，名叫马辛托斯。一天，马辛托斯端起一大盆生橡胶汁往模型里倒，一不小心，脚被绊了一下，生橡胶汁淌了出来，浇到了马辛托斯的衣服上，下班后，马辛托斯穿着这件被生橡胶汁涂了一大块的衣服回家，正巧路上遇到了大雨。回家换衣服时，马辛托斯惊奇地发现，被生橡胶汁浇过的地方，竟没有渗入半点雨水。善于联想的马辛托斯立即想到，如果把衣服全部浇上生橡胶汁，那不就变成了一件防雨衣吗？雨衣也就应运而生。

　　后来，苏格兰的一位医生骑自行车在石子路上行驶，当时的自行车没有充气的轮胎，因此颠簸得很厉害，这个医生就用生橡胶管子圈在车轮上，充上气，这样骑车就又快又不颠簸。从此，生橡胶的用途越来越广，它既可以做轮胎、鞋，也是很好的绝缘材料，还可以做成各式各样的体育用品。

　　由于天然生橡胶产量有限，人们又通过对生橡胶成分的研究，生产出了各种各样的合成橡胶，这种橡胶为高分子合成，它具有耐腐耐磨、耐高温、耐氧等特点，通过人们不断努力，生橡胶终于从孩子手中的弹力球发展成为一种具有广泛用途的高分子材料。目前，全球橡胶制品在5万种以上，一个国家的橡胶消耗量和生产水平，成了衡量国民经济发展，特别是化工技术水平的重要指标之一。

由弹力球到雨衣，到车轮胎、鞋等，人们的联想一环套一环，犹如步步登高，把人们引入更高的创造境界。

智慧感悟

植物界存在植物链，动物界存在食物链，假如这些链脱节，就会造成生态不和谐，甚至造成某种损失和灾害。创造者必须具有普通人所想不到的联想才能运用联想的"链条"，从而取得连串的创意。

深潜器与气球

创意与发明是孪生兄弟，发明是创意在科技上的应用。被誉为"上天入海"的科学家皮卡尔父子就是运用类比发明创造了世界上第一只自由行动的深潜器的。

原先深潜器的极限是2000米，而且不能自由行动。皮卡尔父子研制的深潜器不仅可以自由行动，而且创造了下潜到世界上最深的海底——10916.8米的世界纪录。

皮卡尔父子设计、研制的"理雅斯特"号深潜器是如何创造出来的呢？就是运用类比发明创造出来的。瑞士著名科学家阿·皮尔卡，原是研究大气平流层的专家。他设计的平流层气球，曾飞升到15690米高度。后来他又把兴趣转向海洋，研究海洋深潜器。尽管海洋与天空是两个不同的世界，但这不同之物有共同点：海水与空气都是流体。于是他就利用平流层气球的原理来改进深潜器。平流层气球，是由比空气轻的气体气球和载人舱两部分组成。利用气球的浮力，将载人舱升上高空。皮卡尔和他的儿子小皮卡尔设计了像气球一样的浮筒，在浮筒中充满比海水轻的汽油，为深潜器提供浮力；同时又在潜水球中放入铁砂作为压舱物，使深潜器能沉入最深的海底。如深潜器要浮上海面，只需倒掉铁砂就可借助浮筒的浮力升至海上，再配上动力，深潜器就可以在任何深度的海洋自由行动。

智慧感悟

皮卡尔父子设计的创世界纪录的"理雅斯特"号就是利用海洋与高空、海水与空气、平流层气球与深潜器作类比推理研制出来的。

类比推理，是根据两个或两类事物在某些属性上的相同性，而推出它们在其他属性上也可能相同的一种推理。类比推理又称"类比法"，或简称"类比"，这种思维方式能够从某事物的时间或空间特性，引发显性或隐性的相互关联的设想，从而产生意义重大的新思路。

聪明的老花工

新中国成立初期，某大学的一个研究室需要弄清一台进口机器的内部结构，可是却没有任何有关的图纸资料可以查阅。这台机器里有一个由100根弯管组成的密封部分。要弄清其中每一根弯管各自的入口与出口，是一件相当困难和麻烦的事。研究室负责人找来了一些有关人员。他提出，完成这一重要任务，时间既不能拖得很久，花钱又不能太多。他希望大家广开思路，从多方面去想，不管是洋措施还是土法子，一定要想出一个简便易行的有效办法来。

参与此事者纷纷开动脑筋朝四面八方想，先后提出了分别往每一根弯管内灌水以及用光照射等许多办法。有的人还联想起了唐太宗出题考藏王松赞干布的特使禄东赞的故事，提出让蚂蚁之类的小昆虫去钻一根一根的弯管。大家提出的办法虽然都是可行的，但都很麻烦费事，要花的时间和要付的代价不少。后来这所学校的一个老花工提出，只需要两支粉笔和几支香烟就行了。他提出的做法是：点燃香烟，大大地吸上一口，然后对着一根管子往里喷。喷的时候在这根管子的入口处写上"1"。这时，让另一个人站在管子的另一头，见烟从哪一根管子的出口冒出来，便立即也写上"1"。其他的那些管子也都照此办理。采用这样的办法，100根弯管，不到两个小时便把它们的入口和出口全都弄清了。

智慧感悟

人们碰到某个需要加以思考的问题，不管是老问题还是新问题，是简单问题还是复杂问题，大都是采取一种态度、一种方法，满足于解决问题而很少考虑办法的优劣、代价的大小，其实只要我们多动脑筋，从多个角度考虑，朝四面八方去想，一定会找到更合适的办法以及解决问题的最佳路径。

从屎壳郎到拖拉机

1975年8月的一天，四川省汶川县白岩村的青年姚岩松，劳动之后坐在地上休息。他意外地发现，脚下有一只"屎壳郎"在向前爬行，而且正推动着一团比它自身重几十倍的泥土。这一现象引起了姚岩松的兴趣，他蹲在地上仔细观察了好久，似有所悟而又好像越来越迷惑不解。第二天一大早，他在山坡上又找到了一只"屎壳郎"。为了做进一步观察，他用白线拴了一小块泥土套在这只"屎壳郎"的身上，让它拉着走。奇怪的是，这一小块泥土比昨天的那块要轻得多，而这个"屎壳郎"却怎么也拉不动。姚岩松接着又找了好几只"屎壳郎"来做同样的试验，情况都一样。这时姚岩松悟出一个道理：拉比推更费劲，能够推得动的东西也可能拉不动。

姚岩松曾开过几年拖拉机。他早就发现在电影上看到的那些各种各样的耕作机械，不可能行驶在自己家乡的又狭又小、又高又陡的山地上，他深深感到遗憾。这时他联想到：能不能学一学"屎壳郎"推土，将拖拉机的犁放在耕作机身动力的前面。

按照他的这一联想，他把从山上采摘来的茅花秆一节一节地切断后，又一节一节地制成"把手""机身""犁圈"等，忙碌了几天，他终于制作出了一台用茅花秆和小铁丝做成的耕作机模型。三个月过后，姚岩松耗费数千元制作的耕作机开进了地里，但它却不听使唤。寝食不安的姚岩松，有一天在岷江河畔被一台推土机吸引。他看出推土机主要是由于机下有履带，所以稳定性强，着地爬动力好。这时他又联想到，耕作机同推土机一样，要稳定性强，着地爬动力好，不也可以装上履带吗？

又是几个月过去后，姚岩松的第一台"履带式耕作机"终于问世。但这还不是最后的成功。后来又经过数百次改动、试验，直到1992年2月，他才成功地拿出了第十台"屎壳郎耕作机"，以推动力代替牵引力，突破了耕作机械传统的结构方式，具有创造性、新颖性和实用性，在国内属于首创。

姚岩松发明的这种"屎壳郎耕作机"，体积小，重最轻（64公斤），一个人就可以背上山；可以在石梯上行进，还能抓45度的坡，两小时耕的地就相当于一头牛一天耕作的地，而它的价格大约相当于一头牛。由于它具有这些优点，问世后，要求联合生产的厂家络绎不绝。

智慧感悟

姚岩松由"屎壳郎"推土块的力量比拉土块的力量大，从而联想到可以将拖拉机的犁放在耕作机机身动力的前面，着眼于事物之间的相似，是姚岩松以上联想所具有的特点。这样的联想可以称为相似联想。

相似联想是指在头脑中可以根据事物之间在形状、结构、性质或作用等某一方面或某几方面的相似性进行联想，从而引发出某种新设想，创造出新事物。

称出地球的重量

地球有多重？直到18世纪，这依然是摆在科学家面前的一个难题。1750年，英国19岁的科学家卡文迪许向这个难题发起挑战。他给自己提出一个大胆的课题：称出地球的重量。他像一个小马驹闯进了一片丛林，横冲直撞，思维没有一点顾忌和阻碍。在东一榔头、西一棒槌的冲撞中，卡文迪许想到了牛顿的万有引力。

根据万有引力定律，两个物体间的引力，与两个物体之间的距离的平方成反比，与两个物体的重量成正比。这个定律为测量地球提供了理论根据。卡文迪许想，如果知道了两个物体之间的引力，知道了两个物体之间的距离，知道了其中一个物体的重量，就能计算出另一个物体的重量。

这在理论上是完全成立的。但是，实际测定中，还必须先了解万有引力的常数 K。因为牛顿的万有引力公式的其他几个因子都知道，唯独不知道引力常数 K。

卡文迪许利用细丝转动的原理设计了一个测定引力的装置，细丝转过一个角度，就能计算出两个铅球之间的引力，然后计算出引力常数来。但是，细丝扭转的灵敏度还不够大。只有进一步提高灵敏度，才能测出两个铅球之间的引力，计算出引力常数。

灵敏度问题成了测量地球重量的关键。卡文迪许为这个问题伤透了脑筋，想了好几种办法，但是，结果都不怎么理想。

有一次，他正在思考这个问题，突然看到几个孩子在做游戏。其中有个孩子拿着一块小玻璃玩着光斑的游戏。他把小镜子对着太阳，把太阳光反射到墙壁上，产生了一个白亮的光斑。小孩子用手稍稍地移动一个角度，光斑就相应地移动很大的距离。卡文迪许猛然醒悟，这不是一个距离的放大器吗？灵敏度不可以通过它来提高吗？

孩子的玩具使卡文迪许受到很大的启发。他在测量装置上也装上了一面小镜子，细丝受到另一个铅球的微小的引力，小镜子就会偏转一个很小的角度，小镜子反射的光就转动到一个相当大的距离。利用这个放大的距离，就能很精确地知道引力的大小。

卡文迪许用这个放大的装置精确地测出了两个引力常数，再次测出一个铅球与地球之间的引力，根据万有引力公式，很快就计算出了地球的重量。

就这样，地球的重量被卡文迪许第一次称出了。

智慧感悟

长江后浪推前浪，许多领域的精英们，由于头脑中装的东西太多，思维被许多东西遮蔽了，创造性因此凝滞和僵化，而后起一代的思维却有一个宝贵的东西：没有固有的概念、成规，因而也就敢于横冲直撞，想到就做，从而能创造出令元老们瞠目的奇迹。

卖画毁画

一位印度人拿了三幅画，这三幅画均出自名画家之手。恰好被一位美国画商看中，这位美国人自以为很聪明，他认定：既然这三幅画都是珍品，必有收藏价值，假如买下这三幅画，经过一段时期的收藏肯定会大大地涨价，那时自己一定会发一笔大财。他打定主意，无论如何也要买下这三幅画。

于是，他问那位印度人："先生，你带来的画不错，如果我要买的话，你看要多少钱一幅？"

"你是三幅都买呢，还是只买一幅？"印度人反问道。

"三幅都买怎么讲？只买一幅又怎么讲？"美国人开始算计了。他的如意算盘是先和印度人敲定一幅画的价格，然后，再和盘托出，把其他两幅一同买下，肯定能占着点儿便宜，多买少算嘛！

印度人并没有直接回答他的问题，只是表情上略显难色。美国人却沉不住气了，他说："那么，你开个价，一幅要多少钱？"

这位印度人是一位地地道道的精商，他知道自己的画的价值，而且他还了解到，美国人有个习惯，喜欢收藏古董名画，他要是看上，是不会轻易放弃的，肯出高价买下。并且他从美国人的眼神中看出，这个美国人已经看上了自己的画，心中就有底儿了。

印度人于是装作漫不经心的样子回答说："先生，如果你真心诚意地买，我看你每幅给250美元吧！这够便宜的！"

美国画商并非商场上的庸手，他抓住多买少算的砝码，一美元也不想多出。于是，两个人讨价还价，谈判一下陷入了僵局。

那位印度人灵机一动，计上心来，装作大怒的样子，起身离开了谈判桌，拿起一幅画就往外走，到了外面二话不说就把画烧了。美国人很是吃惊，他从来没有遇到过这样的对手，对于烧掉的一幅画又惋惜又心痛。于是小心翼翼地问印度人剩下的两幅画卖多少钱？想不到烧掉一幅画后的印度人要价的口气更是强硬，两幅画少于 750 美元不卖。

美国画商觉得太亏了，少了一幅画，还要 750 美元。于是，强忍着怨气还是拒绝，只是希望少一点价钱。

想不到，那位印度人不理他这一套，又怒气冲冲地拿出一幅画烧了。这回，美国画商可真是大惊失色，只好乞求印度人不要把最后一幅画烧掉，因为自己太爱这幅画了。接着又问这最后一幅画多少钱？

想不到印度人张口还是 750 美元。这一回画商有点儿急了，问："三幅画与一幅画怎么能一样价钱呢？你这不是存心戏弄我吗？"

这位印度人回答："这三幅画出自知名画家之手，本来有三幅的时候，相对来说价值小点儿。如今，只剩下一幅，可以说是绝宝，它的价值已经大大超过了三幅画都在的时候。因此，现在我告诉你，这幅画 750 美元不卖，如果你想买，最低得出价 1000 美元。"

听完后，美国画商一脸的苦相，没办法，最后以 1000 美元成交。

智慧感悟

人常说："物以稀为贵。"懂得制造紧缺的氛围和局面，是赚取财富的一个有效方法。故事中一幅画卖出的最后价钱竟然高于开始时三幅画的总和，这是经济学中"一大于三"原理的妙用之例。打破传统规则的束缚，用创意扭转自己的不利形势，就能看到成功的路标。

逼出来的"黄金"肉

据说，以前我国古代某部落的一个年轻伙夫，一次部落首领宴请宾客，他充当一位善于做菜的女仆的助手。在轮到该上第七道菜时，担任主厨的女仆突然昏倒了。这时，外面又正在催促赶快继续上菜，急得这个年轻伙夫满头大汗。在这样的紧急情况下，他急中生智，抓了一把鲜嫩的瘦肉，裹上蛋黄，丢入油锅，然后三炒两炒便做成了一道菜，连忙送到宴席上。首领吃了十分满意，宾客也吃得津津有味。宴会结束后，首领询问这道菜叫什么名字，左右的仆人们都答不上来，只得如实禀报说，这道菜是伙夫做的。首领下令要立即见这个人。这位年轻的伙夫听说首领要见自己，心想这下糟了，大祸临头了！他战战兢兢地走到首领的面前，当首领问他这道菜叫什么名字时他脱口回答说："回大人，这道菜叫黄金肉。"首领听了哈哈大笑，连声说道："不错！不错！这道菜做得好！名字也取得好！"

作为做菜女仆的助手，在女仆昏倒后，那位年轻伙夫有责任代替主厨做好菜及时送出。如果袖手不管，首领怪罪下来，轻则会挨打受骂，重则有杀身之祸，他这时自然不免会急得满头大汗。可是他没有急得只会像热锅上的蚂蚁那样团团转，却是情急生智，想出了一个好主意：随手抓了一把鲜嫩的瘦肉裹上蛋黄便丢在油锅里炒。他创作出"黄金肉"的这个灵感，显然是被逼出来的。

智慧感悟

逼迫也能出美味，逼出来的灵感作为一种激发灵感思维的创新思考方法是指：在紧急情况下，不可惊慌失措，要镇静思考，以谋求对策。情急能生智，解决面临问题的某种答案或启示，此时有可能在头脑中突然闪现，这是一种急智，也是你面对困境不得不具备的一种思维品质。

实验出真知

亚历山大·弗莱明于 1881 年出生在英国北部。中学毕业后，他如愿考上圣玛利亚医学院，毕业后从事免疫学研究。

1922 年，弗莱明在研究工作中盯上了葡萄球菌。葡萄球菌是一种分布最广、对人类健康威胁最大的病原菌。人一旦受伤伤口感染化脓，其元凶就是葡萄球菌。可当时人们对它没有什么好的对付办法。

很长一段时间，弗莱明致力于葡萄球菌的研究。在他的实验室里，几十个细菌培养皿里都培养葡萄球菌。弗莱明将各种药物分别加入培养皿中，以期筛选出对葡萄球菌有抑制作用的药物。可是，一种种的药物都不是葡萄球菌的对手。实验一次次地失败了。

1928 年的一天，弗莱明与往常一样，一到实验室，便观察培养皿里的葡萄球菌的生长情况。他发现一只培养皿里长出了一团青绿色的霉。显然，这是某种天然霉菌落进去造成的。这使他感到懊丧，因为这意味着培养皿里的培养基没有用了。弗莱明正想把这只被感染的培养基倒掉时，发现青霉周围呈现出一片清澈。凭着多年从事细菌研究的经验，弗莱明立刻意识到，这是葡萄球菌被杀死的迹象。

为了证实自己的判断，弗莱明用吸管从培养皿中吸取一滴溶液，涂在干净的玻璃上，然后放在高倍显微镜下观察。结果，在显微镜下竟然没有看到一个葡萄球菌！这让弗莱明兴奋不已。

这青霉到底是哪一路"英雄"呢？

弗莱明将青霉接种到其他培养皿培养。用线分别蘸溶有伤寒菌或大肠杆菌等的水溶液，分别放在青霉的培养基上，结果这几种病菌生长很好。说明青霉没有抑制这几种病菌生长的作用。而将带有葡萄球菌、白喉菌和炭疽菌的线，分别放在青霉培养基上，这些细菌全部被杀死。

弗莱明又将生长着青霉的培养液稀释八百倍，可稀释液仍有良好的杀菌作用。

由于弗莱明断定青霉会分泌一种杀死葡萄球菌的物质。这种物质要是能用在人身上那该多好啊！

弗莱明将青霉的培养液注射到老鼠体内，结果老鼠安然无恙。这说明青霉分泌物没有毒性。

弗莱明高兴得差点跳起来。青霉分泌物对葡萄球菌灭杀效果好，而且没有毒性，这不是自己梦寐以求的杀菌药吗？他想应该可以在人身上试一试了。

试验结果正如预料的那样，青霉分泌物确有奇效，且对人体没有副作用。后来医学上把这种青霉分泌物命名为青霉素，并作为杀菌药物，广泛应用于临床医疗。

智慧感悟

青霉素的发现主要是实验取得的结果。好的创意有时候是在反复实验中取得的，观察是一种最简单、最原始的观察方法，它往往是产生灵感的直接源泉，但是这种思维是有局限性的。今天，利用实验进行创造性活动已得到越来越广泛的应用，实验出真知，实验室往往是创造性思维最为集中的场所。

结冰保鲜

有一个皮革商喜欢钓鱼，他经常到离家不远的纽芬兰海岸去钓鱼，那里有世界著名的纽芬兰渔场，鱼类资源非常丰富。有一年冬天的一个早晨，下了一夜的大雪也未能阻止他来到纽芬兰海岸。天气很冷，凉凉的风刮在脸上像刀割一样。皮革商费了很大的力气才在结冰的海上凿了个洞，然后他坐下来，点上一支烟，就开始钓鱼。这几天，他心里老琢磨一件事：钓的鱼一放在冰上，很快就冻得硬邦邦了，这种冻鱼只要身上的冰不融化，过个三五日也不会变味，味道还像鲜鱼一样鲜美，这是什么原因呢？难道食物结了冰就能对其起保护作用？如果把鱼冻起来，是不是也能像活鱼一样保持新鲜呢，如果是这样，我何不……想到这里，他眼前一亮，一个不安分的想法使他急急收起渔竿，匆匆回了家。

皮革商开始他的试验。经过多次反复试验，他发现牛肉和蔬菜冻得结了冰，也能够保鲜。而且所有的食品冷冻后的味道和保鲜度跟冷冻的速度和方法有关，精明而善于思考的皮革商打算研制一台能使食物快速冷冻的机器。

经过多次的试验、分析、总结，他终于成功地掌握了这种技术，被疲劳和睡眠不足困扰的皮革商没有犹豫，立刻向国家专利局为他的食品冷冻法申请了专利权。接着，他向外界宣称，他将卖出这一技术。由于这是一种具有极大潜力和发展前途的新技术，一时间，全国各大公司纷至沓来购买专利。他没有轻易出手，各公司看好其发展前景，出价越来越高，高得简直离谱。皮革商把握时机，以3000万美元的高价卖给了美国通用食品公司。

智慧感悟

　　故事中的皮革商由冻鱼保鲜想到了冷冻保鲜食物的方法，运用了联想思维。联想思维是开发人的想象力并把想象力转化为创造能力的思维工具，因为创造总是以想象为先导，如果将人们努力靠近成功的过程比作一条长河，那么想象就是长河中的朵朵浪花，没有神驰万里、心游天外的思维方式，就不可能激起成功之河的万点涟漪。

歪打正着 X 光

　　1895 年 11 月 8 日，德国的沃兹堡大学的实验室里发生了一件举世瞩目的事情：由于伦琴教授一时疏忽，居然发现了至今仍在使用，对全世界科学事业作出了巨大贡献的 X 射线！

　　那是一天晚上，伦琴教授用一张黑纸把一只放电管严严实实地包了起来以后，因为突然想起另一件事情，就匆匆忙忙地离开了实验室。这只放电管的形状像是一只生梨，是英国的克鲁克斯教授发明的，它能产生微弱的阴极射线，可以利用它研究带负电的高速电子流。

　　后来，当伦琴教授办完事情以后，突然想起他离开的时候，忘了关闭那只放电管的电源了，连忙赶回了实验室。当他打开门以后，不由大吃一惊：黑暗中，一条板凳正在发着绿色的荧光。

　　伦琴教授连忙上前切断了放电管的电源，荧光立刻消失了，他觉得奇怪，又接通电源，荧光又出现了。"难道是克鲁克斯放电管中有一种尚未发现的射线引起来的吗？"伦琴教授心中揣摩着。他试着伸出自己的手掌，放在放电管的前面来回地晃了晃。这时候，伦琴教授大为震惊！他居然看见了自己的手掌骨清楚地反射在对面的一个备用的屏幕上。他的手动，那个影子也动。

"哎呀呀，我看见了我的骨头！"伦琴教授惊奇地大叫起来。从这以后，伦琴教授连续十几天没有离开过实验室，他进行了反复的研究试验，以证明自己的发现。后来，它被命名为"X"射线。伦琴教授能够抓住这次失误以后的反常现象，以科学的方法加以研究，并且获得了巨大的成功。为此，伦琴教授荣获了 1901 年的诺贝尔物理学奖。

然而，放电管的发明者克鲁克斯就没有这么走运了。他也曾发现过胶卷莫名明妙地感光报废，可惜他并没有再进行深入研究，而是去找胶卷厂，责备他们的产品低劣，白白地错过了这个千载难逢的好机会。一直到后来，知道伦琴发现"X"射线以后，他才如梦初醒，后悔不及。

还有一位美国的科学家古德斯托德，早在 5 年前，就在实验室里偶尔洗出了一张人的骨骼的底片，他却没有去深入研究，竟然当作是一张废片，将它很随便地抛弃在垃圾堆里了。

智慧感悟

成功者往往是有心人，他们善于捕捉瞬息即逝的异常现象，并紧紧地抓住不放，刨根究底，直至找出结果。本案例中的后两位先生，距离成功只有一步，犹如贴在薄薄的一层窗户纸上，只需轻轻一捅，巨大的成功就能立即迎向他。可是，他们却痛失绝好良机。机遇并不是每个人都能抓得住的。只有那些执着追求、不懈努力的人，才有可能得到成功。正如日本作家芥川龙说："九十九步是成功的一半，最后一步是另一半。"

布莱叶发明盲文

160 年前，法国有个儿童叫布莱叶。布莱叶很不幸，由于一次事故，他的双目失明了，到了上学年龄，他只能到盲童学校去读书。当时，对于盲人来说，只能用耳朵去听，用手去摸来了解世界，用打手势来表达自己的意思，这是非常艰难和痛苦的事，布莱叶饱尝了此种苦楚。

这一年，巴比尔船长带领一些士兵来到盲童学校，给盲童们讲解战地夜战通讯的演习。他说："在伸手不见五指的夜晚，要秘密地把信息传出去，我们用的是密码，我们在厚纸上戳出各种点子来表示密码，接到密码的士兵，用手一摸，就能了解信息的内容，就像用眼睛看电报文一样。"巴比尔船长让士兵为盲童做了表演。

这次表演，给了布莱叶很大的启发，他想："如果用这种办法写字，读书不是很好吗?"

少年布莱叶就开始对"点子"进行研究。他把巴比尔船长使用的密码加以简化，由原来的 12 个孔位表示一个字母变成 6 个孔位表示一个字母。用排列组合的方式，创造出 63 种不同的符号。像汉语拼音一样，用这些符号拼写出不同的字。这样，盲人用手摸，就知道上面"写"的是什么意思了。

为了解决盲人的"写字"问题，布莱叶又进一步研究，造了一种模板，上面六个孔一组，排列着许多组的小孔，"写字"时，先把模板压在纸上，用"针笔"刺进小孔，戳出一组组不同的点子。这样，自己想说的话就能像打电报一样表达出来。别人用手摸着这些点子，也就知道你所表达的意思。

用这种方法可以出版盲文读物，盲童可以从盲文读物中学到更多的知识。凡是学过盲文的盲人都能"识字写话"，接受人类文化的传播，与正常人沟通。从这个意义来说，盲童少年布莱叶的这项发明，意义和影响极为深远。

智慧感悟

从密码传递到盲文发明，布莱叶就是运用联想思维将二者联系起来，联想可以很快地从记忆宝库里检索出所需的信息，构成一条由此及彼的链条，通过事物之间的同化关系，把事物联系起来思考并进行方法移植就可以获得全新的创意，在人类的创造史上留下一笔。

钟控锅炉的发明

美国的比尔·斯托特发明用钟控制锅炉的新方法，很有意思。

当时，斯托特正在明尼苏达州读书，为了不支付房租，他就替房东管烧暖气的锅炉。烧锅炉工作是件苦差事，每天凌晨4点钟就要被闹钟吵醒、起床，然后还得跑到阴暗、潮湿的地下室里去把锅炉的炉门打开，这样，炉火才会旺起来，整座房子才能有暖气。炉门不能自动打开，这是锅炉取暖设备的一大缺陷。他没有像一般人那样去想，考虑对锅炉本身应如何革新改进，而是考虑用什么办法使炉门到时候就能自动打开。起初，他曾设想出用一根绳子，一端拴在锅炉门的开关上，另一端拴在自己卧室的窗栏杆上，待每天早上打开炉门的时间一到，只要闹钟一响，就可以在床上拉拉绳子，锅炉的门就打开了。可是他的这一设想实行起来失败了，绳子没用多久就被拉断了。他每天还得老早起床去打开炉门，他继续思考又想出了一个新主意，这就是晚上把闹钟放在地下室的锅炉附近，在闹钟发条钮上支起一根木棍，木棍的一端系着一根连接炉门的绳子，钟铃响时，随着发条钮的转动，使木棍像一根杠杆一样把锅炉门自动打开。斯托特这一新的设想，经过试验被证明是可行的。

智慧感悟

钟控锅炉的发明很有创造性，从思考方法来讲，它是通过发散思维，巧妙地利用事物存在的缺点，解析其产生的原因，从而创造出另一种方法。这有以毒攻毒的味道，但是只要用得巧，腐朽也可化为神奇。

太空飞行器与蜂窝

航天飞机、宇宙飞船、人造卫星等太空飞行器要进入太空持续飞行，就必须摆脱地心引力，这就要求运载它的火箭必须提供强大无比的能量。同时，太空飞行器自身重量越轻，就能大大减轻运载火箭的负担，也就能使太空飞行器飞得更高更远。

为此，为了减轻太空飞行器重量，科学家们绞尽脑汁，与太空飞行器"斤斤计较"。可减轻太空飞行器重量，还要考虑不能减少其容量和强度，要达到上述目的就相当困难了。科学家们尝试了许多办法都无济于事。最后还是蜜蜂的蜂窝结构给科学家们解决了这个难题。

大家知道，蜂窝是由一些一个挨一个，排列得整整齐齐的六角形小蜂房组成的。18 世纪初，法国学者马拉尔琪测量到蜂窝的几个角都有一定的规律。钝角等于109°28′，锐角为70°32′，后来经过法国物理学家列奥缪拉、瑞士数学家克尼格、苏格兰数学家马克洛林先后多次的精确计算，得出一个结论：要消耗最少的材料，而制成最大的菱形容器，它的角度应该是109°28′和70°32′，也就是说，蜜蜂蜂窝结构是容积最大且最节省材料的。

但从正面观察蜂窝，它是由一些正六边形组成的，既然如此，那每一个角都应是120°，怎么会有109°28′和70°32′呢？这是因为蜂窝不是六棱柱，而是底部由三个菱形拼成尖顶构成的"尖顶六棱柱"。我国数学家华罗庚准确指出：在蜜蜂身长、腰围确定的情况下，尖顶六棱柱的蜂房用料最省。

上述蜂房结构不正是太空飞行器结构所要求的吗？于是，在太空飞行器中采用了蜂房结构，先用金属制造成蜂窝，再用两块金属结构，这种结构的太空飞行容量大、强度高，且大大减轻了自重，也不易传导声音和热。因此，今天我们见到的航天飞机、宇宙飞船、人造卫星都采用了这种蜂房结构。勤劳的蜜蜂们也许不会想到，它们的杰出构思被人类借鉴应用，飞上了太空。

以上蜂房结构的应用是一个典型的相似联想。所谓相似联想，即由此事物的某一特点，联想到彼事物相似的某一特点的过程。相似联想是进行创造性劳动经常使用的思维方法。

智慧感悟

找到事物的相似点，往往就能够把不同的事物组合起来，从而产生新的创意，在一般情况下，组合之后的事物，所产生的功能和效益，并不等于原先几种事物的简单相加，这就是"1＋1＞2"的道理，对于无处不在、无时不在的联系，我们不能兀自闭着眼睛，等闲视之。

砂轮机的启示

冻疮治疗仪的发明就是求异性的结晶。当年周林读大学时，每年冬天他和许多学生一样手脚长满冻疮，痒痛难忍，四处求医问药，却无济于事。冻疮的痛苦折磨着他，也引发了他的思考："如何快而有效地治疗冻疮，有无良策？"他跑图书馆、查资料、找专家，发现历代名医的治疗方法和疗效几乎相差无几。而且现代医学中的打针、服药、针灸等多种治疗方法其效果也不尽如人意。于是他不禁产生了一个幻想："我能不能利用业余时间摸摸冻疮冻伤这只老虎屁股呢？"

周林在对冻疮患者的测试中发现病人末梢患处的皮肤温度比正常人的同一部位低得多，平均只有22摄氏度；之后，他借助微循环显微仪观察，发现正是由于患处温度低，就存在着明显的微循环不良症状。根据这些情况，周林认为："只有另辟蹊径，从人体组织内部入手，才有可能研究出一种既简便又治本的新方法。"

可是，要找到这种治疗法谈何容易，他走路想、吃饭想、睡觉还想，直到有一天，他站在一台大型砂轮机旁边帮助工人打磨铸件，沉重的铸件在砂轮的磨削下产生了巨大的振动，振得他浑身颤抖。瞬间，一股强大的振荡冲击波从双手传到大脑，使他热血沸腾。此时，一个灿烂的创新火花马上从他心头闪现："振动！谐振！匹配作用！我现在感到全身发热，不是刚才的谐振引起的吗？如果将谐振原理与冻疮冻伤治疗建立起联系，发明一种治疗仪器该多好啊！"心有灵犀一点通，潜伏在头脑中多年的创新契机一下子迸发出来，找到了解决问题的线索，开始了人体谐振及其功效的科学研究，终于找到了一种依靠现代科学技术原理设计冻疮治疗仪的新方案，并开发出具有实用价值的冻疮治疗仪。使用这种仪器治疗冻疮冻伤时，只要将仪器频谱发生管对着患处，就可使人体内的物质质点发生谐振，使病变患处产生很好的"内生热效应"和生理反应，使冻疮患处均匀升温，迅速达到维持生理功能的正常体温，加快血液循环，加速新陈代谢，改善组织营养，加速炎症消除，从而使冻疮冻伤在温和舒适的环境中得到快速的治疗。

智慧感悟

　　周林在小小砂轮机的启示下发明了治疗冻疮的仪器，砂轮机的振动让他联想到利用振动达到解决冻疮患处温度低的方法，这是一种相似联想，也是相同思维，很多灵感都源于此，很多创意也源于此。如果一个人能在心中想象自己的使命，就能开足马力向目标挺进，正如一个哲人所说，在人类所有才能中，与神最接近的就是想象力。

把鞋子卖给赤脚人

　　A 公司和 B 公司都是生产鞋的，为了寻找更多的市场，两个公司都往世界各地派了很多销售人员。这些销售人员不辞辛苦，千方百计地搜集人们对鞋的需求信息，不断地把这些信息反馈给公司。

　　有一天，A 公司听说在赤道附近有一个岛，岛上住着许多居民。A公司想在那里开拓市场，于是派销售人员到岛上了解情况。很快，B 公司也听说了这件事情，他们唯恐 A 公司独占市场，赶紧也把销售人员派到了那里。

　　两位销售人员几乎同时登上海岛，他们发现海岛相当封闭，岛上的人与大陆没有来往，他们祖祖辈辈靠打鱼为生。他们还发现岛上的人衣着简朴，几乎全是赤脚，只有那些在礁石上采拾海蛎子的人为了避免礁石硌脚，才在脚上绑上海草。

两位销售人员一上海岛，立即引起了当地人的注意。他们注视着陌生的客人，议论纷纷。最让岛上人感到惊奇的就是客人脚上穿的鞋子。岛上人不知道鞋子为何物，便把它叫作脚套。他们从心里感到纳闷：把一个"脚套"套在脚上，不难受吗？

Ａ看到这种状况，心里凉了半截。他想，这里的人没有穿鞋的习惯，怎么可能建立鞋市场？向不穿鞋的人销售鞋，不等于向盲人销售画册，向聋子销售收音机吗？他二话没说，立即乘船离开了海岛，返回了公司。他在写给公司的报告上说："那里没有人穿鞋，根本不可能建立起鞋市场。"

与Ａ的态度相反，Ｂ看到这种状况，顿时心花怒放，他觉得这里是极好的市场，因为没有人穿鞋，所以鞋的销售潜力一定很大。他留在岛上，与岛上的人交上了朋友。

Ｂ在岛上住了很多天，他挨家挨户做宣传，告诉岛上人穿鞋的好处，并亲自示范，努力改变岛上人赤脚的习惯。同时，他还把带去的样品送给了部分居民。这些居民穿上鞋后感到松软舒适，走在路上他们再也不用担心扎脚了。这些首次穿鞋的人也向同伴们宣传穿鞋的好处。

这位有心的销售人员还了解到，岛上居民由于长年不穿鞋的缘故，与普通人的脚型有一些区别，他还了解了他们生产和生活的特点，然后向公司写了一份详细的报告。公司根据这份报告，制作了一大批适合岛上人穿的鞋，这些鞋很快便销售一空。不久，公司又制作了第二批、第三批……Ｂ公司终于在岛上建立了皮鞋市场，狠狠赚了一笔。

智慧感悟

同样面对赤脚的岛民，Ａ认为没有市场，Ｂ认为有大市场，两种不同的观点表明了两个人在思维方式上的差异。简单地看问题，的确会得出第一种结论。但我们需要的是后一位销售人员，他有发展的眼光，他能从"不穿鞋"的现实中看到潜在市场,并懂得"不穿鞋"可以转化为"爱穿鞋"。为此他进行了努力,并获得了成功。

面对同一种情况,不同的人会看到不同的前景,这需要敏锐的洞察力和独特的思维方式,缺乏这种思维素质的人,往往只看到了视野范围之内的风景,从而偏离了成功的轨道。

牛仔打赌

故事发生在某一家酒吧。有一个牛仔走到酒保面前,提出要打一个赌。他说:

"我往一米外的小酒杯吐唾沫,保证不会溅出一滴,是否愿意赌10美元?"

酒保觉得这个人很愚蠢,取笑说:

"往那么小的酒杯吐唾沫,怎么可能不溅出一滴?"

牛仔却非常自信地说:

"不相信就赌70美元!"并且作出一副得意的样子。

最终赌局还是开始了。

牛仔的唾沫不但溅出了酒杯,而且还溅到附近的桌子和酒保的脸上,但酒保却始终笑眯眯,因为他想到的是那10美元的赌注。

"怎么样,愿赌服输,给我10美元吧!"

"稍等一下。"

牛仔说完后走到他的朋友那里。过了一会儿,牛仔走过来递给酒保10美元。

酒保实在想不明白牛仔的这番举动,就问了一句:

"你为什么要提出这个一定会输的赌局?虽然我轻轻松松赚了10

美元……"

听了这句话，牛仔微笑着对酒保说：

"事实上我是与那边的朋友们赌了一局，赌注就是，若我的唾沫溅到你的脸上，你还是会笑嘻嘻的，而且赌额是100美元。幸亏你，我赚了90美元呢。"

智慧感悟

事物的某些方面或某个特点，从一个角度来看，也许是对我们不利的，但从另一个角度看，可能对我们很有利。故事中的牛仔以一个赌局的败换另一个赌局的胜，这也告诉我们当直接达到目标有困难时，不妨退一步，绕个弯，迂回进取，只要肯开动大脑这部机器，方法总会比困难多。

在裂缝上敲一锤

早年有一种职业叫锔锅，乡人把破损或有裂纹的锅送到锔锅师傅的手上，师傅先眯眼把量一番，然后把锅放正，拿起锤子，照着有裂纹的地方轻轻地敲几下。你别说，裂纹随即神龙献身，清晰可见。锔锅师傅在裂纹上敲一锤，不但找着了裂纹的走向，而且把裂纹敲得更大，从而多挣点工钱。

"在裂纹上敲一锤"，这一由乡村锔锅匠创造的绝活，也是逆向思维中的一招。

有一次，古埃及国王胡夫举行盛大的国宴，厨工们忙得团团转。

一名小厨工不慎将刚炼好的一盆羊油打翻在灶边，吓得他急急忙忙用手把混有羊油的炭灰一把一把地捧起来扔到外边去。扔完后赶紧洗手，手上竟出现滑溜溜、黏糊糊的东西，而且洗后的手特别干净。

小厨工发现了这个秘密后，便悄悄地把扔掉的羊油炭灰捡回来，供大家使用，结果每个厨工的手都洗得白白净净。

后来，国王胡夫发现这个秘密后，便盘问起来。小厨工如实道出了原委。国王胡夫试后赞不绝口。

很快，这个发现便在埃及全国推广开来，并传到了希腊的罗马。

在这个发现的基础上，人们研制出了流行世界的肥皂。

智慧感悟

"在裂纹上敲一锤"，本质上是将错就错，让错误扩张、裂变、夸大，从而走向另一端——正确。这看似荒谬，实则蕴含着"量变引起质变"这一哲理，从打翻的羊油中发明了肥皂就是运用了这种思维方式，在科学探索上，常有些无心之失却促成发明创造的实例，即主观上并非刻意"在裂纹上敲一锤"，却"无心插柳柳成荫"，获得发明创造的机遇。

小男孩求租

一对夫妻在城里打工，他们想先找一处房子住下来。找来找去，最终看中了一处公寓，因为那招租广告上的条件最符合他们的要求。

他们按地址找到了这处房子。房东是一位老大爷，一看到他们带着一个小男孩，就说什么也不愿将房子租给他们。

夫妻俩急了："我们都跑了一天了，对你的房子很满意，价钱也可以再商量。再说，我们现在也没有地方可去呀。"

"实在对不起了，"房东没有一点商量的余地，"你就是加些租金也不行，因为我不打算把房子租给有小孩的住户。"

"这孩子过几天就要送到他爷爷奶奶那儿去了。"

可是，房东一听就知道这是编出来的瞎话，他不想再争辩了，转身走进屋里。

这时，他们那6岁的儿子将这一切看在眼里。他说："爸爸妈妈，不要着急，我有办法。"说完，他走上前去，用小手敲起门来。

门开了，房东又走了出来，见还是他们，便一句话没说就要回屋。小男孩一把拉住他，说："老爷爷别走，这个房子我来租，我没有孩子，我只有爸爸妈妈。"

房东一听，竟然同意了。原来房东想到自己年岁大了，不想把房子租给有小孩子的家庭，是因为怕吵闹。现在看着小男孩这么懂事，当然愿意把房子租给他们了。

智慧感悟

一般人习惯于按照一般性思维去思考问题，最后往往会进退两难，很容易使事情陷入僵局。这时，需要你开阔自己的思维，从事物的不同方面、不同角度去考虑。要知道，方法总比问题多。

第五章

另辟蹊径天地宽

　　我们常常一方面抱怨人生的路越走越窄，看不到成功的希望；另一方面又因循守旧、不思改变，习惯在老路上继续走下去。生活告诉我们，如果只会踩着前人的足迹前进，是无法找到世外桃源的；只有不走寻常路，才有路可走。聪明的人们通常会选择走一条人迹罕至的道路，因为另辟蹊径往往会留下深深的足印。

最意想不到的求职

英国是一个高福利和高薪制国家，只要能找到工作，一般都能拿到理想的工薪，但要找工作却不是一件易事。有一位 22 岁的年轻人，是名牌大学的高才生，大学毕业后一直找不到工作。尽管他有一张大学新闻专业的文凭，但在竞争激烈的人才市场上，经常被碰得头破血流。

为了找到一份合适的工作，这位年轻人从英国的北方一直到首都伦敦，几乎跑遍了全国。一天，他走进《泰晤士报》编辑部。

他鼓足勇气非常有礼貌地问道："请问，你们需要编辑吗？"

对方看了看这位貌不出众的年轻人，不冷不热地说："不要。"

他接着又问："需要记者吗？"

对方回答："也不要。"

年轻人没有气馁："排字工、校对呢？"

对方已经不耐烦了，冷冷地说："你不用再白费口舌了，我们这儿现在不缺人手。"

年轻人微微一笑，从包里掏出一块制作精美的告示牌交给对方，说："那你们肯定需要这块告示牌。"

对方接过来一看，只见上面写着漂亮的钢笔字体："名额已满，暂不招聘。"

这大大出乎招聘人的意料，负责招聘的主管被年轻人真诚而又聪慧的求职行为打动了，破例对他进行了全面考核。结果，他幸运地被报社录用了，并被安排到与他的才华相应的对外宣传部门工作。

事实证明，负责招聘的主管没有看错人。

20 年后，年轻人已经成了中年人，同时也成了《泰晤士报》的总编。这个人就是生蒙，一位资深且具有良好人格魅力的报业人士。

智慧感悟

生蒙在求职中善于变换思路，善于从绝处求生的创新思维，赢得了让人们发现才华的机遇，最终由待业青年成了英国王牌大报社的顶尖人物。无论从事何种活动都要求我们摆脱思维定式，运用创新的思维，想出不落窠臼的创意以应对新的情况，解决新的问题。当然，这也需要我们付出极大的努力。当我们的创新活动遇到障碍，陷入困境难以继续时就应该反思一下：头脑是不是被某种思维定式束缚，有没有解决问题的其他方式。

减肥中心的大门

有个新成立的减肥中心，自从开张以来几乎是门可罗雀。主要原因是这个市场竞争实在太激烈了，在资金不足的情况下，又不能像大型减肥美容公司一样大做电视报纸广告，知名度不够，上门的客人自然就少了。减肥中心的女老板眼看着每日如流水般的各项支出，却见不着有多少进账可以平衡这些开销，她表面上看起来镇定得很，心里可是如热锅上的蚂蚁，急得不知怎么办才好。

一个炎热的下午，她若有所思地站在门口，看着门外形形色色、来来往往的过路人，思考着自己一直不敢碰触的一个问题："是不是该要结束营业了？"就在她绝望得几乎要放弃的时候，忽然一个念头跃进了她的思绪，使她的眼睛一亮，就像是在海上的迷雾中看到了一座灯塔。

隔了两个星期，报纸上登了一则广告："美美减肥中心，'胖子进去，瘦子出来'。在美美减肥中心的大门口，您绝对见不到一个胖子走出来。欢迎每日前来印证，如经发现有胖子由大门走出者，中心赠奖金1万元。"

此广告不仅被登在报纸上，而且还被登在宣传单上四处散发。这个奇特的广告吸引了许多民众围观。人们发现，每天从大门走出来的果然都是瘦子，见不到一个胖子。

围观的人群里有几个胖子心里想：我就要进去，再马上走出来，看你有什么话说。但是即使有人故意找碴儿，还是不见一个胖子由大门出来，这是在玩什么把戏？

其实说穿了也很简单，女老板灵机一动，将大门改装成两个不同的出入口。外面看起来这两个出入口的大小形状都一样，可是，她特别在出口的内层，加装了两道很粗的钢管，人必须侧身由这两道钢管的中间通过，才能抵达出口大门。当然啦！两道钢管中间只容得下一个侧过身的瘦子穿过去。

那么胖子又怎么走出去呢？当然是由减肥中心后面的小门走出去喽！

美美减肥中心从此生意好得应接不暇，原因是什么？

许多好奇或是贪奖金的人前来推涨声势。人们在门口看不到胖子，必定好奇地进入里面，当他想出来时，能走出来的瘦子自然得意。而必须走后门的那些富态一点的人一定愧疚地想："哇！不得了，我被列入胖子群，该减肥了！"于是就不由自主地坐下听宣传人员的解说。胖子只能走后门，有一些伤人的自尊心，但却让前来减肥的顾客痛下决心：有一天一定要从大门开开心心地走出去。

智慧感悟

未来使人步入天堂的阶梯是创新，"一盎司的创意胜过一磅的黄金"。您能够突出自己的与众不同之处，就能够脱颖而出，抢先别人一步接触成功。

老人的"谈判"

一个刚退休的老人回到老家，在一个小城买了套房子住了下来，想在那儿宁静地打发自己的晚年，写写回忆录。

刚开始的几个星期，一切都很好，安静的环境对老人的精神和写作很有益。但有一天，3个半大不小的男孩儿放学后开始来这里玩，他们把几只破垃圾桶踢来踢去，玩得不亦乐乎。

老人受不了这些噪音，于是出去跟他们谈判。"你们玩得真开心，"老人说，"我很喜欢看你们踢桶玩，如果你们每天来玩，我给你们3人每天每人一块钱。"3个男孩儿很高兴，更加起劲地表演起他们的足下功夫。过了3天，老人忧愁地说："通货膨胀使我的收入减了一半，从明天起，我只能给你们5毛钱。"

男孩们很不开心，但还是答应了这个条件。每天下午放学后，继续进行"表演"。一个星期后，老人愁眉苦脸地对他们说："最近没有收到养老金汇款，对不起，每天只能给两毛了。"

"两毛钱?"一个男孩儿脸色发青，"我们才不会为了区区两毛钱浪费宝贵时间为你表演呢，不干了。"

从此以后，老人又过上了安静的日子。

智慧感悟

聪明的老人，化被动为主动，以迂回的方式达到了自己的目的。当乐趣变为赢利的方式，孩子们自然开始斤斤计较，乖乖走开，如果老人强行驱赶那些孩子，不仅显得粗鲁而且也很难达到目的。其实任何事情都是这样，当你直进遇到障碍难以前行时，不妨绕开障碍，以迂回的方式达到目的。

死坦克拖回活坦克

第二次世界大战时，苏联乌克兰方面军在与德军的一次战斗中，苏军的一辆坦克单独冲入了敌军阵地，不料陷入了一个深水坑里，发动机也突然熄了火，再也无法行动了。当时，里面的坦克手除了手枪就再也没有任何能使用的武器了。就在这个时候，德国兵一窝蜂地冲上来，拼命地敲打着坦克的铁甲，大声喊着："你们跑不了啦，赶快出来投降吧！"

"俄国人绝不当德国法西斯的俘虏！"坦克里发出一个坚定的声音。德国人气坏了，他们找来柴草和汽油，准备把坦克里的苏军士兵活活烧死。"限你们一分钟，如果再不投降，就把你们全都烤熟了。"德国士兵吼叫道。

就在这时，坦克里传出"当当当"的几声枪响和几声惨叫。接着，任凭德国人再怎么样叫喊也没有回音了。"他们一定是自杀了。"德国兵说着，有的爬上了坦克，想要打开坦克的舱门看个究竟。可是，舱门是从里边反扣死的，德国士兵费了九牛二虎之力，却怎么也打不开。

"干脆，把他们拖回去再说。"一个德国军官命令道。可这是一辆超重型坦克，一辆德军坦克根本拉不动，于是他们又调来一辆坦克，终于将这辆超重型坦克从泥潭中拉了出来，要拖回自己的阵地。

可是，德国人做梦也没有想到，当他们如此"热心"又费力地将深陷在水坑里的苏联坦克拉出来以后，那辆坦克却突然发动起来。当年苏军坦克的马力比德军的大得多，巨大的力量使德军坦克无法与之抗衡。结果，苏联坦克反将这两辆德军坦克拉回了自己的阵地。

智慧感悟

坦克陷入泥潭，动弹不得，成了死坦克。但坦克中的人是活的，索性将陷入绝境的人和物一块推到更险恶的境地，造成人死物废的假象，麻痹敌人，俟机而为。后来借助敌人的力量，不但"救活"了坦克，而且拖回敌人的两辆坦克，创造出了军事史上的奇迹。这个事件有其偶然性，反映的"事至极处易再生"的规律性，却是必然的结果。

标价出售

有一家旅馆的经理，对于旅馆内的一些物品，经常被住宿的旅客顺手牵羊的事情感到头痛，可是却一直拿不出很有效的对策来。

他嘱咐属下在客人到柜台结账时，要迅速派人去房内查看是否有什么东西不见了。结果客人都在柜台等待，直到房务部人员查清楚了之后才能结账，不但结账太慢，而且觉得面子挂不住，下一次再也不住这个饭店了。

旅馆经理觉得这样下去不是办法，于是召集了各部门主管，想想有什么更好的法子，能制止旅客顺手牵羊。

几个主管围坐在一起苦思冥想了一番。一位年轻主管忽然说："既然旅客喜欢，为什么不让他们带走呢？"

旅馆经理一听瞪大了眼睛，这是哪门子的傻主意？

年轻主管急忙挥挥手表示还有下文，他说："既然顾客喜欢，我们就在每件东西上标价。说不定啊！还可以有额外收入呢！"

大家眼睛都亮了起来，兴奋地按计划来进行。

有些旅客喜欢顺手牵羊，并非蓄意偷窃，而是因为很喜欢房内的物品，下意识觉得既然付了这么贵的房租，为什么不能取回家做纪念品，而且又没明白规定哪些不能拿，于是，就故意装糊涂拿走一些小东西。

针对这一点，这家旅馆给每样东西都标上了价码，说明客人如果喜欢，可以向柜台登记购买。在这家旅馆之内，忽然多出了好多东西，像墙上的画、手工艺品、有当地特色的小摆饰、漂亮的桌布，甚至柔软的枕头、床罩、椅子等用品都有标价。如此一来，旅馆里里外外都布置得美轮美奂，使客人们的印象好极了。

这家旅馆的生意竟然越来越好了！

智慧感悟

物品丢失本是件坏事，在解决过程中却能化不利为有利，不但避免了损失，还提升了旅馆的知名度，生意变得更红火。换一个角度想问题，换一个角度解决问题就能走出颓势，反输为赢。

假戏真做

诸葛亮少年时，曾和徐庶、庞统等人同拜水镜先生为师。三年拜师期满，这天早上，先生把大家召集起来说："从现在起到午时三刻，谁能想出好主意，得到我的许可，走出水镜庄，谁就算学成出师了。"

弟子们陷入了深深的思索之中。

有的弟子说："庄外失火了！我得出去救火。"先生微笑着摇摇头。

有的弟子谎称："家有急事，要速归。"先生毫不理睬。

庞统说："先生，如果你能让我出去，我一定能想出办法请先生允许我到庄外走走。"先生也不为之所动。

眼看午时三刻就要到了。诸葛亮脑子一转，计上心来。只见他怒气冲冲地奔到堂前，指着先生的鼻子破口大骂："你这先生太刁钻，尽出歪题害我们，我不当你的弟子了！还我三年的学费！快还我三年的学费！"

这几句话把先生气得脸色发青，浑身颤抖，厉声喝道："快把这个小畜生给我赶出去！"

诸葛亮却执意不走，徐庶、庞统好说歹说把他拉了出去。

但是一出水镜庄，诸葛亮哈哈大笑，捡起一根柴棒，跑回庄内，跪在水镜先生面前说："刚才为了考试，不得已冒犯恩师，弟子甘愿受罚！"说着，送上柴棒请罪。

先生这才恍然大悟，立即转怒为喜，拉起诸葛亮高兴地说："为师教了这么多徒弟，只有你真正出师了。"

智慧感悟

这个故事作为诸葛亮足智多谋的例子传为佳话。诸葛亮假戏真做，意在言外。诸葛亮之计妙就妙在既出乎意料又合乎情理，古代讲究"一日为师，终身为父"，顶撞老师在当时无胆无识的人是做不出来的。而在刁钻考题面前要求退学是合乎情理的，出庄也就是顺理成章的事。当运用常规方法无法达到目的的时候不妨剑走偏锋，行极端之事，做极端之人。

谋略的种子

美国石油大王洛克菲勒还是一介小民的时候，美国发现了石油。许多实力雄厚的大投资者蜂拥而至，忙于开采石油。但年轻的洛克菲勒资金有限，无力与众多大投资者竞投石油开采权。于是洛克菲勒并不与大财团正面竞争，远远地避开石油开采地，把有限的资金全部投入到原油的"下游工程"——石油精炼中，原油开采出来以后，众多的原油开采企业不得不将开采出来的大量原油供应给独此一家的石油精炼工厂，洛克菲勒取得了绝对优势。在石油精炼工厂获得成功，并积累了一定资金后，洛克菲勒又战略性地投资修建输油管道，并牢牢控制了使用权。慢慢地，他逐步瓦解了由众多大投资者组成的石油开采大联盟，垄断了美国石油市场。

第二次世界大战结束后不久，战胜国决定成立一个处理世界事务的联合国。可是在什么地方建立这个总部，一时间颇费思量。地点理应选在一座繁华城市，可在任何一座繁华都市购买可以建设联合国总部庞大楼宇的土地，都是需要很大一笔资金的，而刚刚起步的联合国总部的每一分钱都肩负着重任。就在各国首脑们商量来商量去，不知如何是好的时候，洛克菲勒家族听说了这件事，立刻出资870万美金在纽约买下了一块地皮，在人们的惊诧声中无条件地捐赠给了联合国。

联合国大楼建起来后，四周的地价立即飙升起来。洛克菲勒家族在买下捐赠给联合国的那块地皮时，也买下了与这块地皮毗连的全部地皮。没有人能够计算出洛克菲勒家族凭借毗连联合国的地皮获得了多少个870万美金。

智慧感悟

中国古人讲"一叶落而知天下秋"，聪明的人总是能见微知著，捕捉住微小的契机，创造更大的财富，这离不开发散性思维的因子，真正会思考的人总是能一眼透视到事物纵深处。

把梳子卖给和尚

有一家效益相当好的大公司，为扩大经营规模，决定高薪招聘营销主管。广告一打出来，报名者云集。

面对众多应聘者，招聘工作负责人说："相马不如赛马，为了能选拔出高素质的人才，我们出一道实践性试题：就是想办法把木梳尽量多地卖给和尚。"

绝大多数应聘者感到困惑不解，甚至愤怒：出家人要木梳何用？这不明摆着拿人开涮吗？于是纷纷拂袖而去。最后只剩下 3 个应聘者：甲、乙和丙，负责人交代："以 10 日为限，届时向我汇报销售成果。"

10 日到。

负责人问甲："卖出多少把？"答："1 把。""怎么卖的？"甲讲述了他历尽辛苦，游说和尚买把梳子，无甚效果，还惨遭和尚的责骂，好在下山途中遇到一个小和尚一边晒太阳，一边使劲挠着头皮。甲灵机一动，递上木梳，小和尚用后满心欢喜，于是买下一把。

负责人问乙："卖出多少把？"答："10 把。""怎么卖的？"乙说他去了一座名山古寺，由于山高风大，进香者的头发都被吹乱了。他找到寺院的住持，说："蓬头垢面是对佛的不敬，应在每座庙的香案前放把木梳，供善男信女梳理鬓发。"住持采纳了他的建议。那山有10座庙，于是卖了10把木梳。

负责人问丙："卖出多少把？"答："1000把。"负责人惊问："怎么卖的？"丙说他到一个颇具盛名、香火极旺的深山宝刹，朝圣者、施主络绎不绝。丙对住持说："凡来进香参观者，多有一颗虔诚之心，宝刹应有所回赠，以做纪念，保佑其平安吉祥，鼓励其多做善事。我有一批木梳，您的书法超群，可刻上'积善梳'三个字，便可做赠品。"住持大喜，立即买下1000把木梳。得到"积善梳"的施主与香客也很是高兴，一传十、十传百，朝圣者更多，香火更旺。

智慧感悟

把梳子卖给和尚，这在很多人看来都是不可能的事情，但故事中的三个人凭借自己的能力卖出了不同数量的梳子。尤其第三位竟然卖出了惊人的1000把，成功靠心智的力量，挖掘蕴藏在你大脑中的"第一金矿"，不要让你的大脑成为摆设。

从火鸡蛋中打"铁算盘"

"铁算盘"是人们对那些在经济问题上善于精打细算的人的一种称谓。在经商的过程中，"铁算盘"是事业成功的保证。亿万富豪、著名的石油大王洛克菲勒在很大程度上就是靠"铁算盘"成功的。

洛克菲勒的父亲是一个精明的商人，从小就给儿子灌输生意经。

他教会儿子如何写商业文书，如何清晰地记账，如何准确而迅速地收付款。在父亲的熏陶下，洛克菲勒从小就养成了打"铁算盘"的习惯。7岁那年，他就自作主张做起了生意。他有一个存钱柜，已存下了省吃俭用积攒下来的零钱，他很想将存钱柜装得更满一些，时时打着赚钱的主意。有一天，他在树林中玩耍时，发现了一窝火鸡蛋。他从这窝火鸡蛋上想到了一个发财的主意。

你们知道洛克菲勒想出了什么主意吗？

洛克菲勒原来想将火鸡蛋掏回去卖，但转念一想，一个可以卖更多钱的主意出来了。村里人都喜欢吃火鸡，火鸡很值钱，不如将火鸡蛋孵出小火鸡，等小火鸡长大了再卖，赚的钱肯定会更多一些。于是，他照计而行，在自己的房间里孵出了小火鸡，再把这群小火鸡养大。当这一群火鸡出售后，他的存钱柜里钱的数量增加了不少。这还不算，他还琢磨如何将存钱柜中的死钱变成活钱，让钱生钱。他将钱借给农户，等秋收后再让农户还钱和利息。他父亲看到这些，起初惊讶得瞪圆了眼睛，随后便开心地哈哈大笑起来，夸儿子算盘打得比自己还精。

智慧感悟

洛克菲勒不愧是经商天才，小小年纪就从一个火鸡蛋上想出了发财的主意。洛克菲勒出身于商业世家，自小就有创意意识，就能从一个不起眼的火鸡蛋上想到那么多的金点子，真是"世上无难事，只怕有心人"啊！

农夫分鸡

在古老的缅甸城里，住着一个贫穷的农夫，他做梦都希望尽早富起来。有一天，他想到一个主意，决定去碰碰运气。

他带着一只公鸡去见国王，准备献给国王做礼物。国王看到这份礼物一下子就笑了，但是他感谢农夫的一片真心，就接受了。然后他对农夫说："一只公鸡对我来说实在是微不足道的礼物，不过谢谢你的心意。我家共有六个人，我、王后、两个儿子与两个女儿，你能告诉我们，应该怎样分配这只公鸡吗？"

农夫说："这好办！"随即他割下鸡头献给国王："陛下，您是一国之首，所以请收下鸡头这份厚礼。"接着，他又割下鸡背上的肉，说："这个应该献给王后，王后的背担负着全家的重任。"国王听了很高兴。农夫又接着说："这两只鸡脚，是留给二位王子的，他们将踏着您的足迹，登上统治者的宝座。至于这两只鸡翅膀，给两个公主一人一只，待她们出嫁时，将随同她们的丈夫远走高飞。"农夫说完，将其余的鸡肉拿在手里："陛下，这些是属于我的，您是体恤百姓的国王，理应用最好的食品来招待我这个客人。"

国王觉得农夫说得很有道理，就赏给农夫很多财宝。

有个贪心的人知道农夫致富的经历后，也想学农夫那样做。于是，他带了五只公鸡来见国王。国王一看就知道他的用意何在，便很客气地对他说："我很愿意接受你的礼物，但我家有六个人，你要能公平合理地分配的话，我一定重赏你。"贪心人一下子被难住了，他真后悔为什么不带六只鸡来呢！国王让人把农夫找来，让他见识见识。

农夫说："尊敬的陛下，一只公鸡献给陛下和王后，一只公鸡献给两位王子，一只公鸡献给两位公主，其余的两只公鸡给我，因为我是国王陛下的贵客。这是唯一的分配方法。因为陛下、王后与一只公鸡相加等于三；两位王子与一只公鸡相加等于三；两位公主与一只公鸡相加等于三；而我与剩下的两只公鸡相加也等于三。"

国王对农夫的回答很满意，就按照农夫的方式把鸡分配了，又赏给他很多钱。而那个贪心人则灰溜溜地走了。

智慧感悟

把一只鸡分给六个人和把五只鸡分给六个人，在我们看来都是一件很难办的事情，可是聪明的农夫从不同的角度想到了不同的分配方法。我们应该学习聪明的农夫，遇事多想几个办法，从不同的角度分析同一个问题。

学习中有很多这样的问题值得我们去思考，比如给你一个圆形、一个三角形和一个长方形，请你试着把这几个图形组合成来，来表示生活中的日用品，看一看，一共有多少种组合方式？分别可以表示哪些生活用品（可以任意改变三种图形的大小）？

看不懂的故事

大学教授看到一本少儿读物上刊载了一个奇特的故事：

从前有三个猎人，两个没带枪，一个不会打枪。他们碰到三只兔子，两只兔子中弹逃走了，一只兔子没中弹，倒下了。

他们提起一只兔子朝前走，来到一幢没门没窗没屋顶也没有墙壁的屋子跟前，叫出房屋主人，问："我们要煮一只逃走的兔子，能否借个锅？"

"我有3个锅，两个打碎了，另一个掉了底。"

"太好了！我们正要借掉了底的。"三个猎人听了特别高兴！他们用掉了底的锅，煮熟了逃走的兔子，美美地吃了个饱。

大学教授琢磨了半天，也没有明白是怎么回事。于是给这家刊物写了封信，指出故事的逻辑性错误：其一，中了弹的兔子怎么能逃走，没中弹的兔子又如何会倒下？其二，既然兔子逃走了，猎人如何能将它提起煮着吃？其三，没底的锅怎么能煮熟逃走的兔子，且美美地吃了个饱？

很多读者当然都是支持教授的观点。

一年以后，教授的家里来了位朋友。与教授谈到某重点大学毕业生因为害怕失去一份高收入的工作，考上研究生之后却放弃读研究生的机会，到储蓄所去做了储蓄员；劣迹斑斑的黑社会分子却做了警察局局长等现象，两人唏嘘感叹。

朋友突然提到了那家少儿读物上的那篇故事，问教授："你还记得那个故事吗？你现在能读懂了吗？"教授愣了愣，默然无语。良久，教授眼睛一亮，"哎哟"一声，端起酒杯顿了顿，说："最简单的真理往往最难发现。这个故事就是为了让孩子们从小就懂得：有很多可能的事会成为不可能，不可能的事却会成为可能……"

智慧感悟

真理并不是以人的意志为转移的，许多时候，事情往往出人意料地发生着变化。但是，从另外一条角度来思考一下，却可以锻炼人的悟性，促使人们对事物进行更深入的思考，于是，思路也无形中获得了拓展。

最后亮出的博士证书

有一位在美国留学的计算机博士，辛苦学习了好几年，总算毕业了。虽说是拿到了响当当的博士洋文凭，他回国后却一时难以找到工作。

博士每每被各大公司拒绝，这个滋味可是不好受。

博士决定收起所有的学位证明，降低身份去求职。

这个法子还真灵，一家公司老板录用他做程序输入员。这活可真是太简单了，不过，博士还是一丝不苟，勤勤恳恳地干着。

没多久，老板发现这个新来的程序输入员非同一般，他竟然能看出程序中的错误。这时，这位博士掏出了学士学位证书，老板二话没说，立刻给他换了个与大学毕业生相对口的工作。

又过了一段时间，老板发现他时常还能为公司提出许多独到而有价值的见解，这可不是一般大学生的水平。这时，这位博士又亮出了硕士学位证书，老板看了之后又提升了他。

博士在新的岗位上干得更出色，老板觉得他还是与别人不一样，于是，老板把博士找到办公室，对他进行询问，这时，这位聪明人才拿出他的博士学位证书。

老板由于已经对他的水平有了全面的认识，便毫不犹豫地重用了他。

凭借着绝妙的点子，这位博士终于获得成功。

智 慧 感 悟

"先低头，后抬头"，低调做人，低调做事，看上去是自贬身份，其实却是以退为进，每后退一步，就是多给自己留一分空间，这是做人做事的策略，也是创造性思维所激发出的机智。

把防毒面具卖给驼鹿

有个推销员自称是世界上最伟大的推销员。他曾经卖给牙医一支牙刷，卖给瞎子一台电视机。但朋友对他说："只有卖给驼鹿一个防毒面具，你才算是一个最伟大的推销员。"

于是，推销员来到一片森林。"您好！"他对遇到的第一只驼鹿说，"您一定需要一个防毒面具。"

"这里的空气这么清新，我要它干什么！"驼鹿说。

"你要想在这个森林里生存下去就得有一个防毒面具。"

"对不起，我真的不需要。"

推销员自信地说："您很快就会需要一个了。"说着他便开始在驼鹿居住的森林中央建造一座工厂。

"你真是发疯了！"朋友说。

"我没有疯。我只是想卖给驼鹿一个防毒面具。"推销员认真地说。

当工厂建成后，许多有毒的废气从大烟囱中滚滚而出，不久，驼鹿就找到推销员说："现在我需要一个防毒面具了。"

"这正是我想的。"推销员说着便卖给了驼鹿一个防毒面具。

驼鹿说："别的驼鹿现在也需要防毒面具，你还有吗？"

"我真走运，我还有成千上万个。"

"可是你的工厂里生产什么呢？"驼鹿好奇地问。

"防毒面具。"推销员骄傲地回答。

智慧感悟

置身于当代日新月异的社会之中，我们每个人都要做好应对变化的准备，我们要随时随地开动脑筋，于不断开拓之中，积极寻找解决问题的新思路、新方法，这样我们才能在社会中立于不败之地。

收藏家的惊喜

收藏家到乡下旅游。有一天，他来到了一家农舍前，眼睛突然一亮：他看见了一个非常别致的碟子！凭他对于古玩高超的鉴别能力，立即看出这碟子是几世纪以前的好东西，价值极高。他看到乡下人对它的价值一无所知，居然拿这个碟子去喂养一只小猫。

收藏家抑制住自己心中的狂喜，与小猫的主人闲聊起来，对这只小猫十分感兴趣，还编造了一个动听的故事：说他的太太如何喜欢小动物，前不久因为一只小猫死去了，令她伤心不已，而眼前的这只小猫，看上去又太像他太太的那只小猫了。说着说着，竟为自己的故事感动得热泪盈眶，连那位看起来木讷的乡下人也陪着他长吁短叹起来。

后来，他故意随口问了一句："您的小猫卖不卖呀？"

"当然卖了，"乡下人爽快地回答说，"既然您的太太喜欢小猫，我就卖给你吧！"收藏家非常激动，居然出了两倍的价钱买了这只小猫。最后，他故意试探性地问一句："你一直是用这个碟子喂小猫的吧？就顺便把这个碟子送给我，怎么样？"收藏家心想，乡下人一定会同意的，没想到一直不吭声的乡下人这时才露出灿烂的笑容："对不起，我不能送给你，因为每天我都要靠它卖掉家里的小猫！"

智慧感悟

一个平常的人，由平凡变成聪明一点也不出人意料。他只不过是在别人尚不觉察的时候及时调整了自己的思考角度，改变了自己的思考和行为方式，并且积极地采取了行动。

第六章

反弹琵琶曲更新

　　逆向思维的创意简单又奇妙，可在生活中许多人想不到，原因就是受习惯思维的束缚，窒息了创造力。解决难题的方法，有时候就像瓶底的水，当你喝不到够不着的时候，只要倒过来就能喝上了。

　　我们天天在说解放思想，殊不知，束缚我们思想的往往就是那些传统的思想观念。当我们遇到困难一筹莫展、用常规的方法难以解决的时候，不妨让思维转个身——倒过来试试，也许能获得意想不到的结果。

成吉思汗赛马计

元太祖成吉思汗名叫铁木真，小时候非常聪明。有一天，他看见父亲带着一帮将士正在进行一场别出心裁的骑马比赛——谁的马跑得最慢谁获奖赏。

比赛开始了，可是十几个骑手拉着马绳，磨磨蹭蹭地一点一点向前挪动，有的干脆原地踏步。他们谁都不希望自己的马比别人的马跑得快。过了很长的时间，仍然是这种局面。看来，这场比赛难以结束。

作为这场比赛的发起人，铁木真的父亲心里非常着急，他下令：谁能想办法尽快结束比赛，便给予重奖。当然，前提条件是不能改变原定的比赛规则，即跑得慢的获奖。

大家一听有赏，都纷纷绞尽脑汁想办法，但仍然没有找到一个良策。这时，铁木真对父亲说："只要父亲让我当指挥，我就有办法尽快结束这场比赛。"

"真的？那好。现在大家各就各位，听铁木真的指挥。"父亲大声宣布。

果然，这场比赛在铁木真的指挥下，很快结束了。冠军依然是跑得最慢的那匹马。

那么，铁木真是怎样让这场比赛进行下去的呢？原来，铁木真让骑手们相互调换马以后再进行比赛，而每个骑手都希望自己骑别人的马跑跑得最快，超过自己的马，这样自己的马就有机会取胜了。所以，他们都争先恐后，快马加鞭。于是，比赛很快就结束了。

智慧感悟

人类的思维活动存在着正向和逆向两种方式，正向思维是一种习惯性的、严格遵循日常思维路线的思考方式，在通常情况下，这种方式能迅捷地解决一些常规问题，但如果能反过来思考，就有可能获得不同凡响的新方法，产生超常的构思，以超常之智行卓越之争。

出售贫穷落后

日本兵库县有一个小村子叫丹波村。当日本全国普遍都已逐渐富裕起来的时候，这里依然很穷，因为这里土地贫瘠，交通又闭塞，既不通铁路，也不通公路。村子里的人虽然都急切地想尽快摆脱贫困，可谁也想不出可以致富的办法。后来他们从东京请来了一位专家。这位专家按照"要出售得多，才可能换回得多"的顺着想的思路思考，怎么也想不出一个切实有效的致富良方来。后来他倒过来想：这个村子既然什么出产都没有，只有贫穷落后，那就设法出售它的贫穷落后。

于是他向村民提出：你们要想富起来，又没有什么产品和资源可以出售，那就只有出售你们的贫穷落后。从现在起，你们就不要再住在房子里了，要住到树上去；不要再穿布做的衣服了，要披树叶、兽皮，你们要像几千年前我们的老祖宗那样生活，这样城里的人就会来参观、旅游，你们就可以富起来了。村民们最初听了都觉得太荒唐，后来在这位专家的一再解释、说服下，大家最后只好同意试一试。经过记者的一番报道宣传，很快便引来了大批好奇的旅游者。这个村子很快便富起来了。

智慧感悟

这位专家想出的致富办法，从思路来看，也就是把同丹波村的"贫穷落后"现象密切相关的一个重要条件——"无人关心""无人相助"，倒过来想，将它颠倒成："众人瞩目""众人支援"。

一切事物和问题都依赖于一定的内外部条件，其中的某个重要条件一旦有所颠倒，必将会引起事物和问题也发生相应的改变，因而就事物或问题的某个重要条件倒过来想，有可能获得对事物的新认识，想出解决问题的新办法。

女实验员砸水槽

一家化学实验室里，一位实验员正在向一个大玻璃水槽里注水，水流很急，不一会儿就灌得差不多了。于是，那位实验员去关水龙头，可万万没有想到的是水龙头坏了，怎么也关不住。如果再过半分钟，水就会溢出水槽，流到工作台上。水如果浸到工作台上的仪器，便会立即引起爆裂，里面正在起着化学反应的药品，一遇到空气就会突然燃烧，几秒钟之内就能让整个实验室变成一片火海。实验员们面对这一可怕情景，惊恐万分，他们知道谁也不可能从这个实验室里逃出去。那位实验员一边去堵住水嘴，一边绝望地大声叫喊起来。这时，实验室里一片沉寂，死神正一步一步地向他们靠近。

就在这时，只听"叭"的一声，大家只见在一旁工作的一位女实验员，将手中捣药用的瓷研杵猛地投进玻璃水槽里，将水槽底部砸开一个大洞，水直泻而下，实验室里一下转危为安。

在后来的表彰大会上，人们问她，在那千钧一发之际，怎么能够想到这样做呢？这位女实验员只是淡淡地一笑，说道："当我们在上小学的时候，就已经学过了《司马光砸缸》这篇课文，我只不过是重复地做一遍罢了。"

智慧感悟

在突发事件面前，以"疏导"代替"关堵"，当然是最便捷也是最实用的方法。而在这个生死瞬间，女实验员的大脑中即刻反映出对另一个事物的回忆联想，进行比照后迅速将以往的知识经验"搬迁"过来运用。这是急智思维的一个突出表现。危急时刻更要不拘于常规，大胆使用新方法。当然处于危急情形下保持冷静和理智是首要的，这是急智思维的必备心理素质。

做一条反向游泳的鱼

宋神宗熙宁年间，越州（今浙江绍兴）闹蝗灾。只见蝗虫乌云般飞来，遮天蔽日。所到之处，禾苗全无，树木无叶，一片肃杀景象。当然，这年的庄稼颗粒无收。

这时，素以多智、爱民著称的清官赵抃被任命为越州知州。赵抃一到任，首先面临的是救灾问题。越州不乏大户之家，他们有积年存粮。老百姓在青黄不接时，大都过着半饥半饱的日子，而一旦遭灾，便缺大半年的口粮。灾荒之年，粮食比金银还贵重，哪家不想存粮活命？一时间，越州米价大涨。

面对此种情景，僚属们都沉不住气了，纷纷来找赵抃，求他拿出办法来。借此机会，赵汴召集僚属们来商议救灾对策。

大家议论纷纷，但有一条是肯定的，就是依照惯例，由官府出告示，压制米价，以救百姓之命。僚属们七言八语，说附近某州某县已经出告示压米价了，我们倘若还不行动，任由米价天天涨，老百姓将不堪其苦，会起事造反的。

赵汴静听大家发言，沉吟良久，才不紧不慢地说："这次救灾，我想反其道而行之，不出告示压米价，而出告示宣布米价可自由上涨。"众僚属一听，都目瞪口呆，先是怀疑知州大人在开玩笑，而后看知州大人蛮认真的样子，又怀疑这位大人是否吃错了药，在胡言乱语。赵汴见大家不理解，笑了笑，胸有成竹地说："就这么办，起草文告吧！"

官令如山倒，大人说怎么办就怎么办。不过，大家心里都直犯嘀咕：这次救灾肯定会失败，越州将饿殍遍野，越州百姓要遭殃了！这时，附近州县都纷纷贴出告示，严禁私增米价。若有违犯者，一经查出严惩不贷。揭发检举私增米价者，官府予以奖励。而越州则贴出不限米价的告示，于是，四面八方的米商闻讯而至。开始几天，米价确实增了不少，但买米者看到米上市得太多，都观望不买。过了几天，米价开始下跌，并且一天比一天跌得快。米商们想不卖再运回去，但一则运费太贵，增加成本；二则别处又限米价，于是只好忍痛降价出售。这样，越州的米价虽然比别的州县略高点，但百姓有钱可买到米。而别的州县米价虽然压下来了，但百姓排半天队，却很难买到米。所以，这次大灾，越州饿死的人最少，受到朝廷的嘉奖。

僚属们佩服赵汴，纷纷来请教其中原因。赵汴说："市场之常性，物多则贱，物少则贵。我们这样一反常态，告示米商们可随意加价，米商们都蜂拥而来。吃米的还是那么多人，米价怎能涨上去呢？"

智慧感悟

思维逆转本身就是一种灵感的源泉。遇到问题，我们不妨多想一下，能否朝反方向考虑一下解决的办法。反其道逆行是人生的一种大智慧，当别人都在努力向前时，你不妨倒回去，做一条反向游泳的鱼，说不定你会看到另外一种风景。

苏军巧运物资

1942 年，德军入侵苏联以后，为了切断苏军的交通运输线，他们在连接斯大林格勒和内地的铁路线的上空，出动了大批轰炸机，不间断地进行狂轰滥炸。这样一来，斯大林格勒附近的进出站内的火车一时都无法运行，全部滞留在站内，形成了严重的堵塞，前线急需的物资也一时无法运出。

面对这种局面，苏军指挥员心急如焚，千方百计地加强对空的炮火力量，可这种被动的方法收效甚微。

后来，一位名叫拉宾的车站军代表，来到现场进行调查研究。他发现，德军轰炸机的目标只是针对开往前线的列车，而对向内地开的列车，几乎不大去管的。经过进一步的观察，他又发现，德军飞行员是根据列车头的位置来判断列车运行的方向的。

于是，这位军代表想出了一个非常简单而又很管用的方法使斯大林格勒的火车开往前线——将所有开往前线的列车都进行了"改造"，机头挂在列车的尾部，让机头推着列车前进。结果和预计的一样，这样"推"向前线的列车果真没有再遭到轰炸，一批批作战物资源源不断地运到了前线。

智慧感悟

人往往会被自己的眼睛蒙蔽，对手的弱点就是你的机会，突破思维的极限，从相反方向思考，就能跳出僵局，走出困境。

不提纯添杂质

20 世纪 60 年代中期，全世界都在研究制造晶体管的原料——锗，大家认为最大的问题是如何将锗提炼得更纯。

索尼公司的江崎研究所，也全力投入了一种新型的电子管研究。为了研究出高灵敏度的电子管，人们一直在提高锗的纯度上下功夫。当时，锗的纯度已达到了 99.9999999%！要想再提高一步，真是比登天还难。

后来，有一个刚出校门的黑田由子小姐，被分配到江崎研究所工作，担任提高锗纯度的助理研究员。这位小姐比较粗心，在实验中老是出错，免不了受到江崎博士的批评。后来，黑田小姐发牢骚说："看来，我难以胜任这提纯的工作，如果让我往里掺杂质，我一定会干得很好。"

不料，黑田小姐的话突然触动了江崎的思绪，如真反过来会当如何呢？于是，他真的让黑田小姐一点一点地向纯锗里掺杂质，看会有什么结果。

于是，黑田小姐每天都朝相反的方向做实验，当黑田把杂质增加到一千倍的时候（锗的纯度降到了原来的一半），测定仪器上出现了一个大弧度的曲线，几乎使她认为是仪器出了故障。黑田小姐马上向江崎报告了这一结果。江崎又重复多次这样的试验，终于发现了一种最理想的晶体。接着，他们又发明出自动电子技术领域的新型元件，使用这种电子晶体技术，电子计算机的体积缩小到原来的四分之一，运行速度提高了十多倍。此项发明一举轰动世界，江崎博士和黑田小姐分别获得了诺贝尔物理学奖和民间诺贝尔奖。

智慧感悟

人的思维往往有一种难以克服的现象，就是习惯于顺向思维的"定式"，新晶体的发明，就是在于江崎博士和黑田由子小姐打破了这种定式，从完全相反的方向上寻求突破口，从而取得了巨大的成功。

另一种教育方式

我国著名教育家陶行知先生，一生注重创造，他以"天天是创造之时，处处是创造之地，人人是创造之人"为理念，来教育学生，规范自己。他即便是教育学生，也不乏创意，不同凡响。事情是这样的：

陶行知先生看到男生王友用泥块砸自己班的男生，当即制止了他，并令他放学时到校长室去。

放学后，陶行知来到校长室，王友已经等在门口准备挨训了。可一见面，陶行知却掏出一块糖果送给他，并说："这是给你的，因为你按时来到这里，我却迟到了。"王友惊疑地接过糖果。随之，陶行知又掏出一块糖果放到他手里，说："这块糖果也是奖给你的，因为我不让你再打人时，你立即就住手了，这说明你尊重我，我应该奖你。"王友更惊疑了，他眼睛睁得大大的。

陶行知又掏出第三块糖果塞到王友手里，说："我调查过了，你用泥砸那些男生，是因为他们不守游戏规则，欺负女生；你砸他们，说明你很正直善良，有跟坏人做斗争的勇气，应该奖励你啊！"王友感动极了，他流着眼泪后悔地说道："陶……陶校长，你……你打我两下吧！我错了，我砸的不是坏人，而是自己的同学呀！"

陶行知满意地笑了，他随即掏出第四块糖果递过去，说："为你正确地认识错误，我再奖给你一块糖果，可惜我只有这一块糖了。我的糖用完了，我看我们的谈话也该完了吧！"说完就走出了校长室。

智慧感悟

处于逆反时期的青少年，面对无视尊严的训斥，只会失去理智，沸腾起野性的反抗，把老师当成敌人。事实上陶行知先生没有像常规做法那样责骂和体罚学生，因为那样于事无补甚至后患无穷。他不忘"尊重"二字，用四块糖果收服一颗迷失的心，既盈满爱心，又充满新意，让人永生难忘。

小约翰卖花生

15岁的小约翰在一家马戏团工作，任务是想方设法在门口招徕观众。约翰聪明能干，团主十分喜欢他，但他并不满足于现状，他想利用自己的智慧和才能干出一些名堂来。

这一天，他向团主请求，允许他在大门口卖炒花生。团主告诉约翰，只要不影响马戏团的收入，他可以随便去做。约翰神秘地一笑说："先生，请你放心吧！马上会有更多的观众来看马戏。"约翰得到了应允以后，非常高兴，飞快地跑回屋子里，开始炒花生米，花生米的香味弥漫了整个屋子。炒好以后，约翰独自诡谲地一笑，特地在花生米中加了一些食盐。他用报纸把花生米分包成一个个小包，带着这些小包到了剧场大门口。"买一张马戏票，送一包花生米，精彩的马戏，喷香的花生米，边看边吃，快来买哟！"约翰扯开了嗓子吆喝起来。"人家买一张票，要白送一包花生米！你这不是做亏本生意吗？"团里有人惊讶地看着约翰说。约翰一笑，并不回答。

果然，花生米的香味引来了不少人，许多本来不大看马戏的人，也因为有赠送的花生米而来了。"给我一张票，别忘了给我一包花生米。""我也要一张……""还有我……"很快，马戏票卖完了。观众们一边看着精彩的马戏，一边嚼着喷香的花生米，不一会儿，花生米就吃完了。"真渴呀！""是呀！有点咸，要能来点水就好了。"观众纷纷议论着。

这时，约翰又来了，同时还带来了柠檬水。"谁要柠檬水？"约翰问道。没等他的话音落下，人们都纷纷地喊道："我要！我要！……"转眼之间，约翰的柠檬水就卖得精光，他的口袋也鼓囊囊地装满了钞票。这一天，他赚了一大笔钱。团主也非常高兴，因为今天的马戏票全卖完了，赚了很多钱。约翰说是赠花生米，实际是为卖水，吸引来了大量客人，填满了马戏团老板的口袋，也装满了自己的口袋。

智 慧 感 悟

约翰的计谋其实就是需求激发法，别人的需要就是你生存的条件，利用这种需求，用迂回的方法实现自己的目的。就能以最小的投入获得最大的产出。约翰送花生米只是手段，卖柠檬水才是目的。作为媒介的花生米所起的作用是激发观众对柠檬水的需求，也就是我们常说的"要想马喝水，先给它吃把盐"。

互换角色

1956 年在苏联共产党第二十次代表大会上，赫鲁晓夫做了"秘密报告"，揭露、批评了斯大林肃反扩大化等一系列错误，引起苏联人及全世界各国的强烈反响，大家议论纷纷。

由于赫鲁晓夫曾经是斯大林非常信任和器重的人，很多苏联人都怀有疑问：既然你早就认识到了斯大林的错误，那么你为什么早先从来没有提出过不同意见？你当时干什么去了？你有没有参与这些错误行动？

有一次，在党的代表大会上，赫鲁晓夫再次批判斯大林的错误，这时，有人从听众席上递来一张条子。赫鲁晓夫打开一看，上面写着："那时候你在哪里？"

这是一个非常尖锐的问题，赫鲁晓夫的脸上很难堪。他很难做出回答，但他又不能回避这个问题，更无法隐瞒这个条子，这样会使他丢面子，失去威信，让人觉得他没有勇气面对现实。他也知道，许多人有着同样的问题，更何况，这会儿台下成千双眼睛已盯着他手里的那张纸，等着他念出来。

赫鲁晓夫沉思了片刻，拿起条子，通过扩音器大声念了一遍条子的内容，然后望着台下，大声喊道：

"谁写的这张条子，请你马上从座位上站起来，走上台。"

没有人站起来，所有人心怦怦地跳，不知赫鲁晓夫要干什么。写条子的人更是忐忑不安，后悔刚才的举动，想着一旦被查出来会有什么结果。

赫鲁晓夫重复了一遍他的话，请写条子的人站出来。

全场仍死一般的沉寂，大家都等着赫鲁晓夫的爆发。

几分钟过去了，赫鲁晓夫平静地说："好吧，我告诉你，我当时就坐在你现在的那个地方。"

智慧感悟

面对当众提出的尖锐问题，赫鲁晓夫不能不讲真话。但是，如果他直接承认"当时我没有胆量批评斯大林"，势必会大大伤了自己面子，也不符合一个有权威的领导人的身份。于是赫鲁晓夫巧妙地即席创造出一个场面，借这个众人皆知其含义的场景来含蓄地给出自己的答案。这种回答既不损害自己的威望，也不让听众觉得他在文过饰非。赫鲁晓夫创造的这个场景还让所有在场者感到他是那么幽默风趣，平易近人。

交际僵局出现时，把角色"互换"一下，就很可能轻松打破僵局、为自己争取主动。让对方坐在自己的椅子上，对事物之间的位置关系展开逆向思维，就能把烫手的山芋抛给别人。

免费广告

被誉为美容界"魔女"的英国人安妮塔于1971年贷款4万英镑开了第一家美容小店。她在肯辛顿公园靠近市中心地带的市民区租了一间店铺，并把它漆成绿色。虽然美容小店的这种所谓"独创"的著名风格（众所周知，绿色属于暗色，用它做主色不醒目）的真实缘由完全出于无目的，但这种直觉的超前意识却是新鲜而又和谐的，因为天然色就是绿色。

美容小店艰难地起步了，在花花绿绿的社区里并不惹眼，而且尤为糟糕的是，在安妮塔的预算中，没有广告宣传费。正当安妮塔为此焦虑不安时，她收到一封律师来函。这位律师受两家殡仪馆的委托控告她，告诉她要么不开业，要么就改变店外装饰。原因是像"美容小店"这种花哨的店外装饰，势必破坏附近殡仪馆庄严肃穆的气氛，从而影响业主的生意。

安妮塔又好气又好笑。无奈中她灵机一动，打了一个匿名电话给布利顿的《观察晚报》，声称她知道一个吸引读者、增加报纸销售量的独家新闻：黑手党经营的殡仪馆正在恫吓一个手无缚鸡之力的可怜女人——罗蒂克·安妮塔，这个女人只不过想在她丈夫准备骑马旅行探险的时候，开一家经营天然化妆品的美容小店维持生计而已。

《观察晚报》果然上当。它在显著位置报道了这个新闻，不少富有同情心并仗义的读者都来美容小店安慰安妮塔。由于舆论的作用，那位律师也没有再来找麻烦。

小店尚未开业，就已在布利顿出了名。开业初的几天，美容小店顾客盈门，热闹非凡。

无独有偶，当初安妮塔的美容小店进军美国时，临开张的前几周，纽约的广告商纷至沓来，热情洋溢地要为美容小店做广告。他们相信，美容小店一定会接受他们的热情，因为在美国，离开了广告商家几乎寸步难行。

安妮塔却态度鲜明："先生，实在是抱歉，我们的预算费用中，没有广告费用这一项。"

美容小店离经叛道的做法，引起美国商界的纷纷议论，纽约商界有个常识：外国零售商要想在商号林立的纽约立足，若无大量广告支持，说得好听是有勇无谋，说得难听是无异于自杀。

敏感的纽约新闻媒体没有漏掉这一"奇闻"，他们在客观报道的同时，还加以评论。读者开始关注起这家来自英国的企业，觉得这家美容小店确实很怪。这实际上已起到了广告宣传的作用，安妮塔并没有去刻意策划，却节省了上百万美元的广告费。

安妮塔就是依靠这一系列标新立异的做法使最初的一间美容小店

扩张成跨国连锁美容集团。她的公司于 1984 年上市之后，很快就使她步入亿万富翁的行列。

安妮塔虽然没有向媒体支付过一分钱的广告费，但以自己不断推出的标新立异的做法始终受到媒体的关注，使媒体不自觉地时常为其免费做"广告"，其手法令人拍案叫绝。

智慧感悟

逆向思维作为创造性思维立交桥中的重要通道，往往会激发卓越的构思，以新动人，出奇制胜。想落天外便可拿云攫石，造成功之势。

逆向思维与留声机

1877 年 8 月的一天，美国大发明家爱迪生为了调试电话的送话器，在用一根短针检验传话膜的振动情况时，意外地发现了一个奇特的现象：手里的针一接触到传话膜，随着电话所传来声音的强弱变化，传话膜产生了一种有规律的颤动。这个奇特的现象引起了他的思考，他想：如果倒过来，使针发生同样的颤动，那不就可以将声音复原出来，不也就可以把人的声音贮存起来吗？

循着这样的思路，爱迪生着手试验。经过四天四夜的苦战，他完成了留声机的设计。爱迪生将设计好的图纸交给机械师克鲁西后不久，一台结构简单的留声机便制造出来了。爱迪生还拿它去当众做过演示，他一边用手摇动铁柄，一边对着话筒唱道："玛丽有一只小羊，它的绒毛白如霜……"然后，爱迪生停下来，让一个人用耳朵对着受话器，他又把针头放回原来的位置，再摇动手柄，这时，刚才的歌声又在这个人的耳边响了起来。

这台留声机的发明，使人们惊叹不已。报刊纷纷发表文章，称赞这是继贝尔发明电话之后的又一伟大创造，是 19 世纪的又一个奇迹。

智 慧 感 悟

在留声机的设计、发明过程中，爱迪生的逆向思维起了关键性的作用。

逆向思维的技巧就是不采用人们通常思考问题的思路，而是从对立的、完全相反的角度去思考问题，也就是人们常说的"反其道而行之"。这种方法在一般人的眼睛里仿佛很荒唐，但它实际上是一种非常奇特而又绝妙的工具，往往能出奇制胜，最终获得突破性的发明创造。

把鸡蛋立起来

当哥伦布航海行程结束以后，一个让人们惊叹的消息也随之诞生：哥伦布发现了一个新大陆。很多人都对哥伦布取得的成功表示赞叹，这可是具有划时代意义的大事。

皇室也特别为哥伦布举行了庆功宴，请他讲述一些艰险或有趣的故事。此时，有一位大臣却显得不屑一顾，他不服气地说："地球是圆的，任何一个人坐上船航行，都能达到大西洋的彼岸，没什么奇怪的。"旁边的几个人听了这位大臣的言论也觉得有道理，便在一旁附和。

哥伦布的朋友都想出面制止这种诋毁声誉的行为，因为谁都知道，环球航行，困难重重，是谁都能做到的吗？可是哥伦布倒显得镇定自若。

过了一会儿，哥伦布请侍者拿来几个煮熟的鸡蛋，来到大厅的中央，并礼貌地邀请刚才那几位对他表示怀疑的大臣做一个简单的小游戏，随即人们的目光都聚集到他们的身上。

哥伦布对那几个大臣说：“各位大臣，如果你们谁能把鸡蛋竖立在桌上，那你们就算赢。”

接着，几位大臣就开始了这个游戏，可是无论怎么做都不成功，围观的人也有人尝试，依然没有人能将鸡蛋竖立起来，都说这不可能。

正当大家都开始否定这个游戏的可行性时，哥伦布走到桌子边，拿起了一个鸡蛋，用一端朝桌子砸下去，蛋的一端被砸破了，蛋也稳稳地竖立在桌子上。

大臣们一片哗然，说蛋都打破了，还能算吗？要是这样也行，那三岁的小孩不是也可以了吗？

哥伦布看着大家不信服的样子，缓缓地说道：“虽然这是个很简单的游戏，你们却没有一个人做到。但是知道游戏的结果后，大家都说不过如此，也许，每件大胆的尝试都是这样的吧。”

智慧感悟

不破不立，哥伦布正是打破常规的思维，才将这个小游戏玩得如此精彩。完成一件事，不能被惯性思维限制，你使用的方法越不符合常规越有可能奏效，这就是思维的变奏，正是在这种变奏中弹出了功成名就的乐章。

罐装茶水创新意

千百年来，人们用开水在茶壶中泡茶，用茶杯等茶具饮茶，或是品尝，或是礼仪，或是寓情于茶。而易拉罐茶饮料则是提供凉茶水，作用是解渴、促进消化，满足人体的种种需求。将凉茶水装罐出售是违反常识的，它抛开了茶文化的重要内涵，取其"解渴、促进消化"的功能。将乌龙茶开发成罐装饮料的成功创意，却产生了经营上"出奇制胜"的效果，这实在是一个不错的创意。在公司经营上，这种看似违反常规的行为，实则是一种不错的经营之道。

伊藤园发展成茶叶流通业第一大公司后，本庄正则投资建设了茶叶加工厂，把公司的业务从销售扩大到加工。1977 年，伊藤园开始试销中国乌龙茶。1978 年 9 月，走俏日本歌坛的女歌星"一对红"在答电视记者问"用什么方法美容"时说："什么美容都没有用，只是每天喝五六杯乌龙茶。"由此，乌龙茶开始畅销起来，伊藤园与中国的乌龙茶贸易因此而迅速扩大。这也是本庄正则与乌龙茶结下财缘的开端。

乌龙茶的畅销，更主要的是借助了日本当时的社会经济背景。经过 20 世纪六七十年代的高速发展到 70 年代末，多数日本人已过上了"丰衣足食"的生活，一些媒体还说日本进入了"饱和时代"，而味道清淡的乌龙茶，最适合于过着酒足饭饱生活的日本人饮用。本庄正则更是大力宣传乌龙茶益于健康的效用，火上浇油。第一次乌龙茶热持续了二三年，乌龙茶的销售达到了巅峰，但从 1981 年起出现了降温倾向。

在 20 世纪 70 年代初绿茶风靡日本时，本庄正则就萌生了开发罐装绿茶的创意，但当时的技术人员遭遇到了"不喝隔夜茶"这一拦路虎，因为茶水长时期放置会发生氧化、变色现象，不再适宜饮用。因此，罐装乌龙茶的创意暂时不可能实现。

要使罐装乌龙茶具有商机，必须攻克茶水氧化的难关，从创意的角度上讲，这也是主攻方向。

于是，本庄正则投资聘请科研人员研究防止茶水氧化的课题。时隔一年，防止氧化的难题已经解决了，本庄正则当机立断修改原来开发罐装绿茶的计划，改为开发罐装乌龙茶。

在讨论这项计划时，12 名公司董事中 10 名表示反对，因为把凉茶水装罐出售是违反常识的。然而长期销售茶叶的经验告诉本庄正则，每到盛夏季节，茶叶销量就要剧减，而各种清凉饮料的销量则猛增。他坚信，如果在夏季推出易拉罐乌龙茶清凉饮料，一定会大有市场。在本庄正则的坚持下，伊藤园开发的易拉罐乌龙茶清凉饮料于 1982 年夏季首次上市，大受消费者欢迎。乌龙茶此时再现高潮，而且经久不衰直到今天。

此后不久，本庄正则又推出罐装绿茶、罐装红茶和大大小小各种规格的袋装、玻璃瓶和塑料瓶装的乌龙茶饮料。1991 年，乌龙茶清凉饮料的销售额达 2000 亿日元，绿茶和红茶饮料的销售额也达 1700 多亿日元。

智慧感悟

一个优秀的公司经营者必须有"超越常规"的思考方法，才能产生不同凡响的创意，把公司办得有声有色。

一个小小的创意往往就是这么神奇，在进行创意的活动中切不可把创意的方向确定在某一模式上，而应不拘一格。违反常规也未尝不可，这样反而能出奇制胜，开创佳绩。

肮脏牛排店

在美国得克萨斯州的第二大城市达拉斯有一家小有名气的牛排店，名叫"肮脏牛排店"。牛排店取名为"肮脏"，岂不令人倒胃，谁还敢光顾？其实事实与人们想象的迥异，这间店的生意很火红，老板因此发了大财，它还成为备受赞誉的成功企业呢！

"肮脏牛排店"看来是"名副其实"的，店里不使用电灯，点的是煤油灯，显得灰暗。抬头看，店里天花板全是很厚的脏灰尘（是人造的，不会掉下来）。四周的墙壁粘有乱七八糟的纸片和布条，还挂有几件破旧的装饰品，如木梨、锄头、牛绳、印第安人的毡帽和木雕等。里面的桌椅都是木制的，做工粗糙，仿古色的，坐上椅子，还会"吱吱"作响；厨师和侍者穿的衣服像是从未换洗过的。

最醒目的是"肮脏牛排店"有明文规定：顾客光临不准戴领带，否则"格剪勿论"。有些好奇或持怀疑的顾客偏结上领带进去试个究竟，岂料真的有两位笑容可掬的小姐迎面而来，她们一人持剪刀，一人拿铜锣，只见锣响刀落，试探者的领带已被剪下一大段。站在一旁当班的经理立刻递给被剪掉领带的顾客一杯美酒，以敬酒给他压惊，并表歉意。这杯酒是不收费的，其实这杯酒的价钱足够赔偿顾客的领带损失。那段被剪下的领带，则很快连同该顾客签了名的名片，被贴到墙上留念。被剪了领带的顾客，无论是好奇者、试探者或不知这里规矩的，绝不会因这一举动而生气，相反觉得好笑。这里墙上沾满的纸片和布条，原来就是这样的纪念物。

"肮脏牛排店"虽是以伪装肮脏陈设，但其供应的牛排食品是美味之极，使人难以忘怀。正因如此，其终年门庭若市，生意应接不暇，收入丰厚，其店名亦广为传播。

智慧感悟

以"肮脏"二字命名牛排店，的确让人大跌眼镜，因为绝大多数的餐馆是以优雅动听的店名和精致的装修布置招徕顾客的，这已成为人们公认的规则。而"肮脏牛排店"反其道而行之，充分调动起人们的好奇心，找到一条与常理相悖但又切实可行的捷径。

颠倒过程挖隧道

隧道挖掘的传统方法是：先挖洞，挖过一段距离后，便开始打木桩，用以支撑洞壁，然后再继续往前挖；有了一段距离后，再用木桩支撑洞壁，这样一段一段连接起来，便成了隧道。

这样的挖法，要是碰上坚硬的岩石算是走运，一旦碰上土质疏松的地段，麻烦就大了。有时还会造成塌方而把已经挖好的隧道堵死，甚至会有人员伤亡。

美国有一位工程师解决了这一难题。他对原有的挖掘方法采取了"倒过来想"的思考方式，对挖掘隧道的过程采取颠倒的做法：先按照隧道的形状和大小，挖出一系列的小隧道，然后往这些小隧道内灌注混凝土，使它们围拢成一个大管子，形成隧道的洞壁。

洞壁确定以后，接下来再用打竖井的方法挖洞。实践证明，这种先筑洞壁、后挖洞的新方法，不仅可以避免洞壁倒塌，而且可以从隧道的两头同时挖掘，既省工又省时，效果非常显著，世界上许多国家都采纳了这一方法。

美国这位工程师用先挖出"小隧道""围拢"成"大管子"，再用"打竖井"的方法，既能两头开掘，进度快，又可以保障安全，可以说一举多得。

智慧感悟

事物的发展方向在解决问题的过程中不容小觑，因为它昭示着事物的未来走向。事物本身发生变化，特别是方向性的变化，我们的认识和方法当然要做相应的调整。所以说，在某一创新问题的思考过程中，如果将问题的原发展过程倒过来思考，便有可能引发和促成头脑中产生与新的发展趋势相适应的念头。

借贷一美元

一位犹太大富豪走进一家银行。

"请问先生，您有什么事情需要我们效劳吗？"贷款部营业员一边小心地询问，一边打量着来人的穿着：名贵的西服、高档的皮鞋、昂贵的手表，还有镶宝石的领带夹子……"我想借点钱。""完全可以，您想借多少呢？""1美元。""只借1美元？"贷款部的营业员惊愕地张大了嘴巴。"我只需要1美元。可以吗？"贷款部营业员的心头立刻高速运转起来，这人穿戴如此阔气，为什么只借1美元？他是在试探我们的工作质量和服务效率吧？便装出高兴的样子说："当然，只要有担保，无论借多少，我们都可以照办。"

"好吧。"犹太人从豪华的皮包里取出一大堆股票、债券等放在柜台上，"这些作担保可以吗？"

营业员清点了一下，"先生，总共 50 万美元，作担保足够了，不过先生，您真的只借 1 美元吗？"

"是的，我只需要 1 美元。有问题吗？"

"好吧，请办理手续，年息为 6%，只要您付 6% 的利息，且在一年后归还贷款，我们就把这些作担保的股票和证券还给您……"

犹太富豪打完手续将走，一直在一边旁观的银行经理怎么也弄不明白，一个拥有 50 万美元的人，怎么会跑到银行来借 1 美元呢？

他追了上去："先生，对不起，能问您一个问题吗？"

"当然可以。"

"我是这家银行的经理，我实在弄不懂，您拥有 50 万美元的家当，为什么只借 1 美元呢？"

"好吧！我不妨把实情告诉你。我来这里办一件事，随身携带这些票券很不方便，便问过几家金库，要租他们的保险箱，但租金都很昂贵。所以我就到贵行将这些东西以担保的形式寄存了，由你们替我保管，况且利息很低，存一年才不过 6 美分……"

经理如梦方醒，但他也十分钦佩这位先生，他的做法实在太高明了。

智 慧 感 悟

明为借贷，实为寄存。犹太商人采用了"横向思维"和"反向思维"的方法，取得了常人意料不到的效果。一个有丰富创意的人的思维方式不应仅仅是顺时针的。

逆向产生电流

1820年丹麦哥本哈根大学物理教授奥斯特，通过多次实验证实存在电流的磁效应。这一发现传到欧洲大陆后，吸引了许多人参加电磁学的研究。英国物理学家法拉第怀着极大的兴趣重复了奥斯特的实验，果然，只要导线通上电流，导线附近的磁针立即会发生偏转，他深深地被这种奇异现象吸引了。当时，德国古典哲学中的辩证思想已传入英国，法拉第受其影响，认为电和磁之间必然存在联系并且能相互转化。他想既然电能产生磁场，那么磁场也能产生电。

为了使这种设想能够实现，他从1821年开始做磁产生电的实验。几次实验都失败了，但他坚信，从反向思考问题的方法是正确的，并继续坚持这一思维方式。

10年后，法拉第设计了一种新的实验，他把一块条形磁铁插入一只缠着导线的空心圆筒里，结果导线两端连接的电流计上的指针发生了微弱的转动！电流产生了！随后，他又设计了各种各样的实验，如两个线圈相对运动，磁作用力的变化同样也能产生电流。

法拉第10年不懈的努力并没有白费，1831年他提出了著名的电磁感应定律，并根据这一定律发明了世界上第一台发电装置。

如今，他的定律正深刻地改变着我们的生活。

智慧感悟

法拉第成功地发现电磁感应定律，是运用逆向思维方法的一次重大胜利。

传统观念和思维定式常常成为条条框框，对人们的创造性思维和活动产生负面作用，而要冲破限制、打破框框就要勇于运用逆向思维。从现有思路返回，从与其相反的方向寻求解决问题的办法。

数学难题中的规律

德国著名科学家高斯出生在一个贫穷的家庭，幼年时，他在数学方面就显示出了非凡的才华。

他 8 岁时进入乡村小学读书。教数学的老师是一个从城里来的人，觉得在一个穷乡僻壤教几个小孩子读书，真是大材小用，而他又有些偏见：他认为穷人的孩子天生都是笨蛋，教这些蠢笨的孩子念书用不着太认真，如果有机会，还应该处罚他们，给自己在这枯燥的生活里添一些"乐趣"。

这一天正是数学老师很不高兴的一天。同学们看到老师那阴沉的脸色，心里畏惧起来，知道老师又会处罚学生了。

"你们今天算一道题，从 1 加 2 加 3 一直加到 100，谁算不出来就罚他不能回家吃午饭。"老师只说了这么一句话后，就一言不发地拿起一本小说坐在椅子上看去了。

于是，教室里的小朋友们拿起石板开始计算："1 加 2 等于 3，3 加 3 等于 6，6 加 4 等于 10……"一些小朋友加到一个数后就擦掉石板上的结果，再加下去，数越来越大，很不好算。有些孩子的小脸儿涨红了，有些孩子的手心、额上渗出了汗来。但还不到半个小时，小高斯就拿起了他的石板走上前去："老师，答案是不是这样？"

老师头也不抬，挥着那肥厚的手，说："去，回去再算！错了。"他想，小孩子不可能这么快就算出答案了。

可是高斯却站着不动，把石板伸到老师面前："老师！我想这个答案是对的。"

数学老师本来想怒吼起来，可是一看石板上整整齐齐写了这样的数：5050。他惊奇起来，因为他自己曾经算过，得到的数就是5050，这个8岁的小孩子怎么这样快就算出了得数呢？

高斯向老师解释说："如果把从1到100这100个数首尾相加，1 + 100 = 101，2 + 99 = 101，3 + 98 = 101……这样，每两个数的和都是101。100个数两两相加，就会有50个结果，而每个结果都是101，那么50个101加起来就等于5050。"

高斯的发现使老师觉得十分羞愧，他开始认识到自己以前目空一切并且轻视穷人家的孩子是不对的。他以后也认真教起书来，并且还常从城里买些数学书自己进修，并借给高斯看。在他的鼓励下，高斯以后便在数学上作出了重要的研究。

智慧感悟

高斯是德国著名的数学家、物理学家和天文学家。他在学习中能够举一反三，打破常规，善于发现规律。实际上在很多领域中都存在着打破常规的捷径，关键是要把握其中的规律。在学习中我们也要学习小高斯的精神，凡事开动脑筋，想一想还有没有解决问题的更好的方法。

皮鞋是怎样发明的

有一个国家，因为当时还没有发明鞋子，所以人们都赤着脚，即使是冰天雪地也不例外。国王喜欢打猎，他经常出去打猎，但是他进出都骑马，从来不徒步行走。

有一回他在打猎时偶尔走了一段路，可是真倒霉，他的脚让一根刺扎了。他痛得"哇哇"直叫，把身边的侍从大骂了一顿。第二天，他向一个大臣下令：7 天之内，必须把城里大街小巷统统铺上毛皮。如果不能如期完工，就要把大臣处死，一听到国王的命令，那个大臣十分害怕。可是国王的命令怎么能不执行呢？他只得全力照办。大臣向自己的下属官吏下达命令，官吏们又向下面的工匠下达命令。很快，往街上铺毛皮的工作就开始了，声势十分浩大。

铺着铺着就出现了问题，所有的毛皮很快就用完了。于是，不得不每天宰杀牲口。一连杀了成千上万的牲口，可是铺好的街还不到百分之一。

离限期只有两天了，急得大臣消瘦了许多。大臣有一个女儿，非常聪明。她对父亲说："这件事由我来办。"

大臣苦笑了几声，没有说话，可是女儿坚持要帮父亲解决难题。她向父亲讨了两块皮，按照脚的模样做了两只皮口袋。

第二天，姑娘让父亲带她去见国王。来到王宫，姑娘先向国王请安，然后说："大王，您下达的任务，我们都完成了。您把这两只皮口袋穿在脚上，走到哪儿去都行。别说小刺，就是钉子也扎不到您的脚！"

国王把两只皮口袋穿在脚上，然后在地上走了走。他为姑娘的聪明而感到惊奇，因为穿上这两只皮口袋走路舒服极了。

国王下令把铺在街上的毛皮全部揭起来。很快，揭起来的毛皮堆成了一大堆，人们用它们做了成千上万双鞋子。

大臣的女儿不但得到了国王的奖赏，而且受到全国老百姓的尊敬。自此后，人们开始穿鞋子，并想出了不同的样式。

智慧感悟

一条路，当我们清楚地看到它的前方已经山穷水尽时，不妨试着转个身，也许柳暗花明的惊喜就在眼前。养成逆向思维的好习惯，可以提高解决问题的能力，也能够激发大家的创造力。

第七章

点滴创意在细节中铸成

　　一心追求创意，创意却了无踪影；认真做好每个细节，创意却不期而至——创意给每个人的机会都是公平的，看似不经意的细节也许蕴藏着巨大的创意。细节，是一种很微妙的东西，你必须时刻关注它，因为它总是存在于一个不为人注意的角落。一言以蔽之，我们只有能洞察别人所未注意到的细节，才能做出别人所未能做的事情，进而获得成功。

一元钱的资本

曾经雄心勃勃的样子，终于破产了，所有的东西被拍卖得一干二净。现在口袋里的一元钱及回家的车票，是他所有的资产。

从深圳开出的143次列车开始检票了，他百感交集。"再见了！深圳。"一句告别的话，还没有说出，就已经泪流满面。

"我不能就这样走。"在跨上车门的一瞬间，样子又退了回来。火车开走了，他留在了月台上，并悄悄撕碎了口袋里的那张车票。

深圳的车站非常繁忙，你的耳朵可以同时听到七八种不同的方言。他在口袋里握着那一元硬币，来到一家商店门口，5毛钱买了1只儿童彩笔，5毛钱买了4个"红塔山"的包装盒。在火车站的出口，他举起一张牌子，上书"出租接站牌（1元）"几个字。当晚，样子吃了一碗加州牛肉面，口袋里还剩18元钱。5个月后，"接站牌"由4个包装盒发展为40个用锰钢做成的可调式"迎宾牌"。火车站附近有了他的一间房子，手下有了一个帮手。

三月的深圳，春光明媚，此时各地的草莓纷纷上市。10元1斤的草莓，第一天卖不掉，第二天就只能卖5元，第三天就没人买了。此时，样子来到近郊一个农场，用出租"迎宾牌"挣来的1万元，购买了3万个花盆。第二年春天，当别人把摘下的草莓运进城里时，样子栽着草莓的花盆也进了城。不到半个月，3万盆草莓销售一空，深圳人第一次吃上了真正新鲜的草莓，他也第一次领略了1万元变成30万元的滋味。

即吃即摘的花盆式草莓，使样子拥有了自己的公司。他开始做贸易生意。他把谈判地点定在五星级饭店的大厅里，那里环境优雅且不收费，两杯咖啡，一段音乐，还有彬彬有礼的小姐，样子为没人知道这个秘密而兴奋。他为和美国耐克鞋业公司成功签订贸易合同而欢欣鼓舞。总之，样子的事业开始复苏了，他有一种重新找回自己的感觉。

智慧感悟

转动你思维的万花筒，每转动一次，你就会看到越来越丰富多彩的新图案，得到越来越多的、质量越来越高的新设想，多角度、多渠道地将思维发射到四面八方，以一当十，把潜能发挥到极致。

小事情中的大机会

有个年轻人，失业很久了，他不想找工作，想自己出来做老板，又没有足够资本，甚至连下个月的房租都成问题了。

后来他注意到他住的地方是一个有三栋楼的小区，这是一个本地人盖的，专门用来出租的，每个房间都装了台200卡式电话。

他做了大胆的设想：自己以前是做电话卡行生意的，比较熟悉那些200卡的进货渠道和进货价格，200卡进货价钱6折，外面卖8—9折，若自己进一批卡过来，按照7折卖给那里的住户，一张面值30元的卡，进货价钱18元，卖出去21元，每张赚3元，他们那里一共有150户，按照每户每月用一张卡来计，如果自己可以完全占领这里的市场，则每月可以赚450块。如果利用以前在公司上班的同事及朋友，让他们支援，小批量进货，这样他不用很多钱就可以开始这项业务了。

于是，他开始行动，印刷一些宣传单。因这里的住户他大部分认识，有很多还很熟，他的价钱又比外面便宜，还可以送货上门，住户没理由不买他的卡。不久，他已经把他的200卡业务拓展到他住的整条街道，每天都会发些传单到那些地方，那里有很多类似的装有 200 卡的房屋。

又有一天，他去逛附近的超市，发现那里正在举行限时特卖活动，哈密瓜每斤 1 元，早熟梨每斤 0.99 元。他注意到菜市场的哈密瓜现在零售卖 2.5—3 元/斤，早熟梨卖 2—2.5 元/斤，他也看到他们小区的路口经常有人弄个板车在卖水果，就想，如果他能够把超市里的特价水果买回去在楼下路口按照 2 元和 1.8 元的零售价去卖（市价 2.5 元和 2.2 元），在价钱上马上可以打败其他对手，而且还没有压货的风险，况且他还不用付运费。周边的三家大超市，几乎每天都会有特卖活动。小伙子收集好超市的这些促销信息，到时去大量买进就可以了（超市虽然限量每人不可超过 5 斤，但事实上你多买些也没事）。就这样，他每天最少有 10 元到 20 元钱进账，并成为那条巷子里所有小贩的水果供应商。

做这些的时候，小伙子根本不需要很多资金，却拥有了两个项目，他马上就成为创业者，是个自由的小老板了，而且风险不高，基本上算是白手起家，每个月最少有 1000 元的收入，不仅他的房租无忧，还少有赢利，他把这些钱存下来，就是他的资本的原始积累。坚持做了两个月后，小伙子每个月的收入还不错。

智 慧 感 悟

在人生的道路上，所有的人并不站在同一个场所。有的在山前，有的在海边，有的在平原边上，但是只要你从脚下开始迈出第一步，处处留心，你总有一天会站得比别人直，像那个卖电话卡的小伙子一样，捡起你身边的鹅卵石吧，它们就是你最需要的珍宝。

小石子里的创意

　　日本有一家高脑力公司。公司上层发现员工一个个萎靡不振，面带菜色。经咨询多方专家后，他们采纳了一个最简单而别致的治疗方法——在公司后院中用圆滑光润的小石子约800个铺成一条石子小道。每天上午和下午分别抽出15分钟时间，让员工脱掉鞋在石子小道上如做工间操般随意行走散步。起初，员工们觉得很好笑，更有许多人觉得在众人面前赤足很难为情，但时间一久，人们便发现了它的好处，原来这是极具医学原理的物理疗法，起到了一种按摩的作用。

　　好创意自身就是财富。一个年轻人看了这则故事，便开始着手他的生意。他请专业人士指点，选取了一种略带弹性的塑胶垫，将其截成长方形，然后带着它回到老家。老家的小河滩上全是光洁漂亮的小石子。在石料厂将这些拣选好的小石子一分为二，一粒粒稀疏有致地粘满胶垫，干透后，他先上去反复试验感觉，反复修改好几次后，确定了样品，然后就在家乡因地制宜开始批量生产。后来，他又把它们确定为好几个规格，产品一生产出来，他便尽快将产品鉴定书等手续一应办齐，然后在一周之内就把能代销的商店全部上了货。将产品送进商店只完成了销售工作的一半，另一半则是要把这些产品送进顾客眼里。随后的半个月内，他每天都派人去做免费推介员。商店的代销稳定后，他又开拓了一项上门服务：为大型公司在后院中铺设石子小道；为幼儿园、小学在操场边铺设石子乐园；为家庭装铺室内石子过道、石子浴室地板、石子健身阳台等。一块本不起眼的地方，一经装饰便成了一处小小的乐园。

　　紧接着，他将单一的石子变换为多种多样的材料，如七彩的塑料、珍贵的玉石，以满足不同人士的需要。

800粒小石子就此铺就了一个人的赚钱之路。

智慧感悟

要学会创新思维，就应善于培养精细的观察力和深刻的洞察力，不以放任自流的态度对待身边的小事，因为美丽的性情古怪的幸运天使可能就藏在你所不注意的角落里，如果你稍有不慎，她又将翩然而去，留下你独自扼腕叹息。

苹果的细节

在二战经济大萧条时期，日本的许多中小型企业纷纷破产，大多数企业只好关门大吉。其中一家水果店也受到很大冲击，老板惨淡经营，举步维艰。

然而老板很有经济头脑，他不甘心就此失败。经过一番苦思冥想，他想出了一个绝好的办法。老板派人去苹果产地预先订购一些苹果，在成熟以前用标签贴在苹果上，当苹果完全变红之后。揭下标签纸，苹果上就留下了一片空白。

水果店老板从客户名录中挑选大约200名订货数量较多的客户，把他们的名字用油性水笔写在透明的标签纸上，请人一一贴在苹果的空白处，然后送给客户。结果几乎所有的客户都对这种苹果感到惊讶，并且十分感动，因为客户们认为商店真正把他们奉为上帝、放在心上了。

送给每个客户一两个本地产的苹果，实际上花不了多少钱。但顾客接到这一礼物都十分感激，其效果不亚于送了一箱苹果。因为这一两个颇富人情味儿的苹果，客户们记住了这家水果店。

很快，这家水果店的水果销售量大增，顾客盈门，而且还扩大了门面。

智慧感悟

一个苹果竟能救活一个店，简直不可思议。但这样的事却实实在在地发生了。人都是有感情的动物，抓住人性的特点，"赠人玫瑰，手有余香"，不要忽视每一个小小的富有人情味儿的细节和举动，或许那正是使我们的人生走向坦途的转折点。

小租赁，大事业

三年前，吴小姐在一家租屋公司打工，经常看到老外来找房子。由于其他员工不会讲英语，每次硬是把吴小姐推了出去。吴小姐虽然学过英语但平时很少说，开始只能用翻译机与老外沟通。时间一长英语越说越流利，不用翻译机就能与老外沟通了，吴小姐发现帮老外租房子的市场前景非常乐观，于是自己就创建了一家小型的房屋出租公司。

吴小姐知道老外都相当讲究住房的品质，他们举家来到中国，通常都租别墅、豪宅，一个月的租金往往可以高达1万元人民币。由于租金都是国外总公司支付，他们往往都不讲价，而且不用亲自看房，上网了解住家风格就会下订单，比本地客户出手要大方，而豪宅的房主也喜欢租给外国人。

为了接待外商公司的老外，吴小姐跟专门的租车公司长期合作，租用奔驰或凯迪拉克等高级轿车亲自到机场迎接他们，让他们有宾至如归的感觉。此外，吴小姐还会做一天的"伴游"，为他们介绍周围生活环境以及来国内可以到哪里度假等。

除了为老外租赁房屋外，吴小姐还做"售后服务"工作。如老外住家的门铃坏了，她会帮他们加装；老外在国际间跑来跑去是常有的事，如果遇到客户家里的水电因为没有及时付钱而被断掉，吴小姐就会帮他们先垫付……

现在，老外们都很信任吴小姐，她的事业也开始壮大了。

智慧感悟

创意无限，一件看似平常的小事，也可能隐藏着很好的创意，创意的关键是找好切入点，以满足人的某种需求为本。吴小姐立足于为他人行方便的出发点，创办了方便老外的租赁业务。这种方法的精髓就在于首先要盯住目标人群，了解目标人群的心理，想他人之所想，解他人之所难，从中赚取合理的费用；其次服务要周到，尽量满足目标人群的需要。

在激烈的市场竞争中，创意讲究的是一个"准"字，即要准确定位服务对象，准确掌握服务对象的心理，将他们的需要了然于心。

偶然的东西别放过

吉麦太太洗好衣服后，把拧干的洗涤物放到一边，疲倦地站起来伸伸腰。这时，吉麦下意识地挥了一下绘笔：蓦地，蓝色颜料竟沾在了洗好的白衬衣上。

他太太一面嘀咕一面重洗。但雪白的衬衣因沾染蓝色颜料，任她怎么洗，仍然带有一点淡蓝色。她无可奈何地只好把它晒干。结果，这件沾染蓝颜料的白衬衣，竟更鲜丽、更洁白了。

"呃！这就奇怪啦！沾染颜料竟比以前更洁白了！"

"是呀！的确比以前更白了，奇怪！"他太太也感到惊异。

翌日，他故意像昨天一样，在洗好的衣服上沾染了蓝颜料，结果晒干的衬衣还是跟上次一样，显得异常明亮，雪白。第三天，他又试验了一次，结果仍然一样。

吉麦把那种颜料称为"可使洗涤物洁白的药"，并附上"将这种药，少量溶解在洗衣盆里洗涤"的使用法，开始出售，普通新制品是不容易推销的，但也许是他具有广告的才能吧，吉麦的漂白剂竟出乎意料的畅销。凡是使用过的人，看着雪白得几乎发亮的洗涤物，无不啧啧称奇，赞许吉麦的"漂白剂"。

一经获得好评后，这种可使洗涤物洁白的"药"——蓝颜料和水的混合液，就更受家庭主妇的欢迎。

智慧感悟

生活中的偶然之处，必有必然的法则流过，吉麦发明这种漂白剂出于偶然，但如果能抓住这种偶然，也能获得不凡的创意。

事物是有规律的，偶然中蕴含着必然，对偶然出现的东西不能轻易放过。因为它们经常能够引爆你的超常创新思维，往往成为你大脑中的第一金矿。

从细处开始精明

哈同是旧中国闻名于上海滩的"大班"，控制着大上海一半以上的房地产，财富难以计数。但是，这个闻名一时、富甲一方的犹太大亨，刚到中国时却一文不名。

当时，年仅24岁的犹太人哈同尾随嘴咬雪茄的洋商与身带枪炮的洋鬼子，流浪到了旧中国的大上海。当时，他一贫如洗，靠他父亲在上海的老朋友介绍，才勉强到沙逊洋行混了个看门的差事，住在又脏又臭的勤杂工宿舍。

看门本是一个不能发财的下等差事，可哈同一干上就不一样了。虽说只干了几天，他就对洋行上下了如指掌，特别是他还悉知，那些来洋行办事的，大多是来谈烟土等黑货生意的，于是他脑袋一晃，就想出了一个发财的鬼点子。

这之前，前来办事的只需和门卫打个招呼就被放进去，这回哈同的工作方法改变了。他在门口放了一本登记簿，来客一律要先登记，然后坐在门口的长凳上等候，按顺序进门。这下可把那些烟土商急坏了，因为他们急于将黑货出手。有些机灵的商人，猜透了哈同的用意，便拿出1元钱，轻轻塞入哈同手中，恳求道："我有急事，能不能通融一下？"哈同马上到里面跑一趟，出来说："请进吧。"

当排在前面的人提出质问时，他就会用刚学的中国话说："他的生意比你们的紧急。"

久而久之，其他的商人也看出窍门来了，于是也在登记时塞给他1元钱。有个别的生意较大，需"货"较急的，还多加两元钱，要求"插号"。

这一看门方式的改变，不仅使哈同一天能多收入二三十元的外快，而且还给营业部管事留下一个聪明能干的好印象。因为，以前这位管事的办公室里，从早到晚总是挤满了客户，他们争先恐后地谈生意，吵得管事头晕目眩。忽然从某一天起，客商们秩序井然地有进有出，而且几乎所有大买卖都排在前头。管事起初颇感纳闷，特意抽空去门口侦察了一番，才知"原来如此"，不觉对哈同另眼相看："这个犹太青年聪明能干，让他做看门人，岂不是大材小用！"

不久，营业部管事就找哈同谈话，表扬他工作认真、聪明能干，并问哈同对洋行业务有何高见。哈同怎肯放过这个在上司面前表现的机会，忙说："我看，用抵押的办法可以扩大营业额。"这话一下就说到了管事的心坎上。用抵押、用期票，不仅可以增大营业额，而且大有发挥的余地。

就这样，哈同很快就得到了上司的赏识，并像坐直升机般被提拔为业务管事、领班及行务员，直到最后成为旧上海首屈一指的富豪。

智慧感悟

想到一个关键的"鬼点子"，就是打开一扇通往财富的窗户；把握一个蕴藏在商机中的细节，就赢得了向前发展的资本。在创造性思考的快车道上，细节总是备受创新者瞩目。练就一双慧眼，不放过任何"猎物"，你就能在风起云涌的竞争中留下搏击的痕迹。

茶碗碟子的启示

英国著名的物理学家瑞利，从小对生活就具有相当的观察能力，并勤于思考，从中发现有价值的东西。

一天，瑞利家来了几位客人。瑞利的母亲由于上了年纪，手脚不太灵便，端碟子的手颤抖了一下，光滑的茶碗在碟子里滑动了一下，差点儿把茶洒出来。为了防止把茶弄洒，她就格外小心地捧着碟子。她走到客人面前，茶碗一滑，茶还是洒了出来。她不好意思地对客人说："人老了，手脚不灵便了。"

瑞利是个有礼貌的孩子，但他这次没有上去帮助母亲端茶招待客人，而是专心致志地望着妈妈的一举一动，他完全被母亲手中的碗碟吸引住了。他发现：母亲起初端来的茶碗很容易在碟子中滑动，可是，在洒过热茶的碟子上，茶碗就不滑动了，尽管母亲的手仍旧摇晃着，碟子倾斜得更厉害，茶碗却像吸在碟子上似的，不再移动了。

"太有趣了！我一定要弄清楚这是为什么！"瑞利非常激动，脑子里产生了对物理学中摩擦力研究的欲望。客人走后，他用茶碗和碟子反复试验起来，他还找来玻璃瓶，放到玻璃板上进行试验，看看玻璃板慢慢倾斜时瓶子滑动的情况。接着他又在玻璃板上洒些水，对比一下，看看有什么不同。

经过多次试验和分析，他对茶碗碟子之间的滑动做了这样的结论：茶碗和碟子表面总有一些油腻，油腻减小了茶碗和碟子之间的摩擦力，所以容易滑动。当洒上热茶时，油腻就融解散失了，碗在碟中就不容易滑动了。

接着，他又进一步研究油在固体物摩擦中的作用，提出了润滑油减少摩擦力的理论。

后来，他的发现被运用到生产和生活中去，在有机器转动的地方，都少不了润滑油。

1904 年，瑞利获得诺贝尔物理学奖。

智慧感悟

机会是那些在纷纭世事之中的许多复杂因子，在运行之间偶然凑成的一个有利于你的空隙。发明创造的历史表明，奇迹就在那些细节中，凡是你认识到的就要及早把握，一旦错过创造性思考的快乐，成功就将你抛在月台上了。

垃圾变黄金

1946 年，父子俩在休斯敦做铜器生意。一天，父亲问儿子："一磅铜的价格是多少？"儿子答："35 美分。"父亲说："对，整个得克萨斯州都知道每磅铜的价格是 35 美分，但你应该说 3.5 美元。你试着把一磅铜做成门把看看。"

20 年后，父亲死了，儿子独自经营铜器店。他做过铜鼓、做过瑞士钟表上的簧片、做过奥运会的奖牌。他曾把一磅铜卖到 3500 美元，这时他已是麦考尔公司的董事长了。

然而，真正使他扬名的，是纽约州的一堆垃圾。

1974 年，美国政府为清理那些给自由女神像翻新扔下的废料，向社会广泛招标。但好几个月过去了，没人应标。正在法国旅行的他听说后，立即飞往纽约，看过自由女神像下堆积如山的铜块、螺丝和木料后，未提任何条件，立即就签了字。

当时不少人对他的这一举动暗自发笑。因为在纽约州垃圾处理有严格的规定，弄不好会受到环保组织的起诉。

就在一些人等着看他的笑话时，他开始组织工人对废料进行分类。他让人把废铜熔化，铸成小自由女神像；再把木头加工成木座；废铅、废铝做成纽约广场的钥匙。最后他甚至把从自由女神像身上扫下的灰尘都包装起来，出售给花店。

不到 3 个月时间，他让这堆废料变成了 350 万美金，每磅铜的价格整整翻了 1 万倍。

智慧感悟

好的创意就像蒙娜丽莎的微笑那样令人沉醉，但它并不神秘，揭开创意的面纱，背后往往是一些简单而实用的方法，最重要的是要做个生活中的有心人。只要用心，垃圾也能变成黄金，好的创意不在天涯，不在海角，就在你身边，在你的点滴生活中。

泰姬陵的保护

印度的朱目拿河南岸广阔的柯克拉平原上，有一座高大雄伟的墓陵，这就是有名的泰姬陵。泰姬陵是莫卧儿王朝第五代皇帝沙贾汗为自己的爱妃泰姬建造的。沙贾汗十分喜爱泰姬，与她朝夕相伴。可惜有一次远征，泰姬随军的时候已经怀孕，因为旅途劳顿，难产死了。沙贾汗悲痛万分，出征归来以后，就建造了这座漂亮的墓陵，以表达对泰姬的怀念。

这座泰姬陵的中间是圆形的大理石墓室，两旁是风格优美的清真寺，寺院里有黄金围栏，白银大门，园内栽着从全国各地收集来的奇花异草，整个造型布局十分优美典雅，被人们称之为印度明珠。但是，随着印度工业化的发展，泰姬陵也无可奈何地受到了污染，光洁的白色大理石泛起了黄色，墓室里出现了小孔，变得粗糙起来，银制的大门变得乌黑，草木渐渐凋零，原有的迷人风光受到了严重的侵害。这些都是周围环境的污染造成的。泰姬陵的附近建造了炼油厂、化工厂、漂染厂等，污水横流，废气四处弥漫，长此下去，这颗印度明珠将会永远地失去当年夺目的光彩。

于是，印度政府决心设法保护这颗明珠。可是，尽管提出了许多方案，综合考虑以后，都感到不太理想。后来，有人甚至建议搬迁有污染的工厂，这当然是一个好办法，但这要以花费几十亿卢比为代价。有个人提出在大理石上加一层防腐剂，这倒是能够起到保护作用，但却会失去明珠的魅力。终于有位生态学家提出了一个新的方法——利用桑树来吸收酸雨。科学家们早就发现，桑树能够吸收二氧化硫，有较强的清除污染能力。有关方面决定：在泰姬陵周围栽上大片桑树，让它们充当卫士，创造出一个没有污染的小环境。几年以后，成千上万棵桑树长得非常旺盛，污染的空气被桑树林过滤以后，大大地净化了，对泰姬陵起到了有效的保护作用。

如今，这里的桑树林又成了泰姬陵的一个新景观，真是一举两得。

智慧感悟

在众多保护泰姬陵的方案中，用种桑树的方法进行处理，的确是最简易，也是最有效的方法。在环保日显重要的今天，这种借助桑树净化环境的环保思路很值得大力推广。从创意角度来讲，植桑树保护泰姬陵的方法也是可圈可点的，解决污染问题以常理推断应该是很复杂的事情，但只要找到突破口，解决起来就没有那么难，植树造林净化环境，把复杂的事情简单化，这种处理问题的思考方式往往就是创意的开端。

废纸里的机会

有一天，包克看见一个人打开一包纸烟，顺手从中抽出一张纸条扔在地上。包克弯下要，拾起这张纸条。那上面印着一位著名女演员的照片。在这幅照片下面印有一句话：这是一套照片中的一幅。烟草公司敦促买烟者收集一套照片。包克把这张纸片翻过来，注意到它的背面竟然完全是空白的。

他想，如果把附装在烟盒子里的印有照片的纸片充分利用起来，在它空白的那一面印上照片上的人物的小传，这种照片的价值就可大大提高。

于是，他就找到印刷这种纸烟附件的平板画公司，向这个公司的经理说明了他的想法。

这位经理非常赞赏，立即说道：

"如果你能给我写100位美国名人小传，每篇100字，我将每篇付给你10美元。请你给我送来一张名人的名单，并把它分类，你知道，可分为总统、将军、演员、作家等。"

包克写的小传的需要量与日俱增。

智慧感悟

成千上万的小事落在我们的手心里，各式各样的小机会每天发生，有些机会看似微不足道，以至于我们常常视而不见，等到错过它后，我们才意识到它的珍贵，而这时它已随着时光的波浪流向茫茫大海中，变成不会孵化的蛋了。

一枚铜钱的魔力

古时候，当梵授王在波罗奈治理国家的时候，有个青年小商主，聪明睿智，具有天生的经营本领。

有一天，他在大街上捡到一只老鼠，便决定以它为资本做点买卖。他把老鼠送给一家药店铺，得到一枚铜钱。他用这枚铜钱买了一点糖浆，又用一只水罐盛满一罐水。他看见一群制作花环的花匠从树林里采花回来，便用勺子盛水给花匠们喝，每勺里搁一点糖浆。花匠们喝后，每人送给他一束鲜花。他卖掉这些鲜花，第二天又带着糖浆和水罐到花圃去。这天，花匠临走时，又送给他一些鲜花。他用这样的方法，不久便积聚了 8 个铜钱。

有一天，风雨交加，御花园里满地都是被狂风吹落的枯枝败叶，园丁不知道怎么清除它们。小商主走到那里，对园丁说："如果这些断枝落叶全归我，我可以把它们打扫干净。"园丁同意道："先生，你都拿去吧。"

这小商主走到一群玩耍的儿童中间，分给他们糖果，顷刻之间，他们帮他把所有的断枝败叶捡拾一空，堆在御花园门口。这时，皇家陶工为了烧制皇家餐具，正在寻找柴火，看到御花园门口的这堆柴火，就从小商主手里买下运走。这天，他通过卖柴火得到 16 个铜币和水罐等五样餐具。

小商主现在已经有 24 个铜币了，他心中又想出一个主意。他在离城不远的地方，放置了一个水缸，供应 500 个割草工饮水。这些割草工说道："朋友，你待我们太好了，我们能为你做点什么呢？""等我需要的时候，再请你们帮忙吧！"之后他四处游荡，结识了一个陆路商人和一个水路商人。

陆路商人告诉他："明天有个马贩子带 500 匹马进城来。"听了陆路商人的话，他对割草工们说："今天请你们每人给我一捆草，而且，在我的草没有卖掉之前，你们不要卖自己的草，行吗？"他们同意道："行！"随即拿出 500 捆草，送到他家里。马贩子来后，走遍全城，也找不到饲料，只得出 1000 个铜币买下这个小商主的 500 捆草。

几天后，水路商人告诉他："有条大船进港了。"他又想出了一个主意。他花了几个铜币，临时雇了一辆备有侍从的车子，冠冕堂皇地来到港口，以他的指环印做抵押，订下全船货物，然后在附近搭了个帐篷，坐在里边，吩咐侍从道："当商人们前来求见时，你们要通报 3 次。"

大约有 100 个波罗奈商人听说商船抵达，前来购货，但得到的回答是："没你们的份了，全船货物都包给一个大商人了。"听了这话，商人们就到他那里去了。侍从按照事先的吩咐，通报 3 次，才让商人们进入帐篷。100 个商人每人给他 1000 枚铜币，取得船上货物的分享权，然后又每人给他 1000 枚铜币，取得全部货物的所有权。

由于小商主巧作经营，在很短的时间内，以一只老鼠为本，成了远近闻名的富商。

智慧感悟

一只老鼠衍生出一枚铜钱，而一枚铜钱滚动起来，便能创造出万千资产。在日常生活中，某些人在思维过程中的跨度总是很大，能够海阔天空地想方法；而有些人则缺少应有的思维广度，只能在事物本身的框框内绕来绕去，在他们的头脑中，老鼠永远只是老鼠。

700万美元的筹集

1968年春，罗伯·舒乐博士立志在加州用玻璃建造一座水晶大教堂，他向著名的设计师菲力普·强生表达了自己的构想："我要的不是一座普通的教堂，我要在人间建造一座伊甸园。"

强生问他预算情况，舒乐博士坚定而坦率地说："我现在一分钱也没有，所以100万美元与400万美元的预算对我来说没有区别，重要的是，这座教堂本身要具有足够的魅力来吸引捐款。"

教堂最终的预算为700万美元。700万美元对当时的舒乐博士来说是一个不仅超出了能力范围，也超出了理解范围的数字。

当天夜里，舒乐博士拿出一页白纸，在最上面写上"700万美元"，然后又写下了10行字：

1. 寻找1笔700万美元的捐款

2. 寻找7笔100万美元的捐款

3. 寻找14笔50万美元的捐款

4. 寻找 28 笔 25 万美元的捐款

5. 寻找 70 笔 10 万美元的捐款

6. 寻找 100 笔 7 万美元的捐款

7. 寻找 140 笔 5 万美元的捐款

8. 寻找 280 笔 2.5 万美元的捐款

9. 寻找 700 笔 1 万美元的捐款

10. 卖掉 1 万扇窗户，每扇 700 美元

60 天后，舒乐博士用水晶大教堂奇特而美妙的模型打动了富商约翰·可林，并使其捐出了第一笔 100 万美元。

第 65 天，一对倾听了舒乐博士演讲的农民夫妻，捐出第一笔 1000 美元。

第 90 天时，一位被舒乐博士孜孜以求精神感动的陌生人，在生日的当天寄给舒乐博士一张 100 万美元的银行支票。

8 个月后，一名捐款者对舒乐博士说："如果你的诚意和努力能筹到 600 万美元，剩下的 100 万美元由我来支付。"

第二年，舒乐博士以每扇 500 美元的价格请求美国人认购水晶大教堂的窗户，付款办法为每月 50 美元，10 个月分期付清。6 个月内，1 万多扇窗户全部售出。

1980 年 9 月，历时 12 年，可容纳 1 万多人的水晶大教堂竣工，成为世界建筑史上的奇迹和经典，也成为世界各地前往加州的游客必去瞻仰的胜景。

水晶大教堂最终造价为 2000 万美元，全部是靠舒乐博士一点一滴筹集而来的。

不是每个人都要建一座水晶大教堂，但是每个人都可以设计自己的梦想。每个人都可以摊开一张白纸，敞开心扉，写下 10 个甚至 100 个实现梦想的途径。

智慧感悟

很多事情就是从一张纸、一支笔以及一个清单开始的。从零开始

往往能劈开传统观念的枷锁，在思维的田野上任意驰骋。"一夜腊寒随漏尽，十分春色破朝来"，只要你能集思广益，展开形形色色、风格迥异的奇思妙想，就能抢占先机，为你的空杯子注入美酒。

敢有特别的想法

年轻的埃罗·阿尼奥的未婚妻家乡人们擅长编织藤篮，他在1954年去那里时学会了这项工艺。编出第一只篮子让他十分惊喜，他没有把它按通常方式摆放，而是把篮子底朝上倒扣在地上，从而发现倒过来的篮子是很好的座椅。

1961年，"蘑菇"藤编凳系列问世。

1962年，阿尼奥把藤编凳的款式演变为叫作"象靴"的藤椅。那是阿尼奥的成名之作。从此，他与椅子结缘。

20世纪60年代正是人类雄心勃勃地探索宇宙和征服太空的年代。在实现太空旅行的过程中，一种叫"玻璃钢"的可塑材料问世了。阿尼奥把人类对空间探险的兴趣引入家居时尚领域，"球椅"在1963年诞生。它就像一个人的太空舱，里面装备有立体声的扬声器，坐在里面可以独享其乐。

球椅的成功，引发阿尼奥设计了一整套塑料家具系列：1968年的气泡椅，还有1971年的西红柿椅。

香皂椅的外形就像一块被大拇指按过的糖果，而且还使用了糖果一样明快鲜艳的色彩。它是摇椅的现代变体，也是对摇椅的全新阐释。一次偶然的机会，阿尼奥发现香皂椅可以在水面上漂浮。夏天坐在漂浮在水面上的香皂椅上是一件惬意的事情；冬天，可以坐着香皂椅从小雪山上高速滑下来。

气泡椅的出现几乎超出了所有人对椅子的想象，这种座椅的外观就像它的名字所暗示的一样。坐在悬挂着的透明球壳里，人体像变魔术般地悬浮在空气中。

1973 年，阿尼奥的兴趣转向用聚亚氨酯泡沫制作的更具造型特征的动物座椅中。那一年他设计了模仿小马的 Pony 椅，尤其受到孩子们的喜爱。数年后他还有另一个类似的设计，模仿的是小鸡。

1998 年，阿尼奥受到国际一级方程式赛车比赛的启发，设计了方程式椅。

花样不断翻新的椅子，就这样被"想出来"了。

智慧感悟

只有看到别人看不见的事物，才能做到别人做不到的事情。因此，我们要勤于思考，善于发现，于平凡生活中发现别人所不能发现的东西，并敢于提出自己特别的想法，这样我们才能于平淡无奇之中脱颖而出。

从身边寻找灵感

悉尼歌剧院位于澳大利亚美丽的港湾，是 20 世纪世界建筑史上的奇迹，它的设计者是当时不到 40 岁的丹麦建筑设计师琼·伍重。

当征集悉尼歌剧院方案的时候，琼·伍重也得到了这个消息，他决定参加这个大赛。他从资料里，从人们的回忆里，甚至从人们的想象里寻找悉尼。他不但寻找悉尼的地理环境、风光，还包括人们对它的感觉、赞美和对它未来的猜想。然后他日思夜想，废寝忘食地埋头于他的方案中。他研究了世界各地歌剧院的建造风格，尽管它们或气势宏伟，或华美壮丽，但他都没有从那里获得一点灵感。

这是在南半球一个十分美丽的港湾都市海边建造的歌剧院，必须摒弃一切旧的模式，具有崭新的思维。

早上，晚上，他沉浸在设计里；一日三餐，是饱，是饥，他浑然不觉。一天一天过去，截稿日渐近，却仍无头绪。有一天，妻子见苦苦思索的他又没有及时进餐，就随手递给他一个橘子。沉浸在思索中的他，随手接过橘子，神情却依旧漠然。他一边思考方案，一边漫无目的地用小刀在橘子上划来划去。橘子被他的小刀横的竖的划了一道又一道。无意中，橘子被切开了。当他回过神来，看着那一瓣一瓣的橘子，一道灵感的闪电划过脑海的上空。

"啊，方案有了！"

他迅疾设计好草图，寄往新南威尔士州，于是，20 世纪世界上最伟大的建筑之一——悉尼歌剧院诞生了。

如今，在悉尼——这个世界知名的美丽港湾的贝尼朗岬角上，三面临海的歌剧院，如扬帆出海的船队，又像一枚枚巨大的白色贝壳矗立海滩。船队可以想象成壮士出海，贝壳又可以想象成仙人所遗留……日中，它是白色的；日暮，它是橘红色的。不管它怎样变换着色彩，都与周围的景色浑然一体。因了它，悉尼，被赋予想象：海波是舒缓的，白帆是饱满的，贝壳是静态的……浑然天成，一种奇妙的组合。在人们心目中，悉尼歌剧院，已经成为一种海的象征，艺术的象征，人类精神的象征。

智慧感悟

如果你始终想在那些遥远的事物中寻找创新的思路，可能总会被牵绊。很多时候，能让你的思维走到新奇境地的，恰恰是那些身边最常见的东西。善于从身边的事物中寻找突破口，是人们培养创新能力的一种有效途径。

第八章

好风凭借力，送我上青云

> "韶华休笑本无根，好风凭借力，送我上青云。"借，是生活智慧。会借力，可以四两拨千斤。天下最重要的"借"是什么？不是借钱和借物，而是借力！我们要善于借助别人的力量，集思广益，从而打破自己的思维僵局，开启创意的大门。

就势修路

一位建筑师为某个单位设计了一群办公楼，盖好以后，为修建楼与楼之间的人行道而大伤脑筋。这些办公楼相互交错，楼与楼之间的联系也比较频繁。在快节奏的现代化生活中，大家都在争分夺秒地赶时间，因此，楼与楼之间的人行道必须设计得合情合理，简洁明快。然而，由于楼群布局复杂的特殊性，如何才能做到合情合理，是光靠主观设计很难解决问题的。

这一天，一位公园管理员朋友来访，看见了这位愁眉苦脸的建筑师，正面对着楼群发愁。管理员朋友说道："这个非常好办，你先让人在楼群之间的空地上种上草，等夏季过去以后，您的最佳方案就出来了。"接着将理由说了出来。

建筑师听了管理员朋友的一番话以后，不由得赞叹这位公园管理员的聪明了。

原来公园管理员发现，人们走路的时候有一种直觉的习惯，放着坦荡的大道不走，却偏要去走抄近的小路，要找到一条通向自己的目的地最近的道路，这也是为了节约时间。而在楼群之间种上草以后，人们果然在上面踩出了许多小道，走得多的印迹明显，走得少的就不大清楚。到了秋天，建筑师根据这些痕迹设计出了人行道，果然大受欢迎。

智慧感悟

老子曰："我无为而人自化。"所谓无为，并不是引之不来、推之不去，什么事也不做，而是遵循规律办事，顺应自然之势。这个故事告诉我们：当一个问题很难解决的时候，我们不妨将自己的主观意见搁置起来，创造条件，让事物遵循规律自然行进，再顺势而为，往往能取得最佳的效果。

丁谓巧筑皇宫

北宋时皇宫里发生了一场罕见的大火，足足烧了几天几夜，只剩下断壁残垣。事后宋真宗站在废墟上，叹息道："没有皇宫，如何上朝，如何议政，如何安居呢？"他叫来宰相丁谓，令他负责皇宫的重建工作。丁谓接受任务后，在废墟上走来走去思考着一件难办而又非办不可的事：一是盖皇宫要很多泥土，可是京城中空地很少，取土要到郊外去挖，路很远，得花很多的劳力；二是修建皇宫还需要大批建筑材料，都需要从外地运来，而汴河在郊外，离皇宫很远，从码头运到皇宫还得找很多人搬运；三是清理废墟，很多碎砖破瓦等垃圾运出京城同样很费事。

丁谓路过临时搭的一个小木棚，见有个小姑娘在煮饭，趁饭还没煮熟，她又缝补起被火烧坏的衣服。看着小姑娘的这一举动，他忽然灵机一动：办事情要达到高效率，就要时时处处统筹兼顾，巧妙安排好财力、物力、人力和时间。经过周密思考，他提出了一个科学的方案：先叫民工在皇宫前的大街上挖深沟，挖出来的泥土即作施工用的土，这样就不必再到郊外去挖了。过了一些时候，施工用土充足了，而大街上出现了宽阔的深沟。

"哗哗哗"，忽然一股汹涌的河水，从汴河河堤的缺口中奔涌出来，涌向深沟之中，等汴河的水和深沟中的水一样齐后，一只只竹排、木筏及装运建筑材料的小船缓缓地撑到皇宫前。丁谓站在深沟前捋着胡子笑了。是的，没费多大力气，就一举解决了两道难题。

一年后，宏伟的宫殿和玲珑的亭台楼阁修建一新。这一天，汴河河堤的缺口堵住了，深沟里的水排回汴河之中。待深沟干涸时，一车车、一担担瓦砾灰土填到了深沟之中，一条平展宽坦的大路重又静静地躺在皇宫之前……

智慧感悟

人类的天职，总是巧妙地创造各种机会，为历史的长河激起小小的涟漪。

丁谓的聪明之处在于时时处处统筹兼顾，巧妙安排好财力、物力、人力和时间，并使其中各因素相互借助、互为所用，最后得以省时省力地完成任务。

借他人的钱，赚自己的钱

20 世纪 60 年代，美国人阿克森还在纽约自己的律师事务所工作。面对众多的大富翁，阿克森不禁对自己清贫的处境感到辛酸。这种日子不能再过下去了，他决定要出去闯荡一下。有什么好办法呢？左思右想，他终于想到了借贷。

一天，他来到律师事务所，处理完几件法律事务后，便关上大门到邻街的一家银行去。阿克森找到那家银行的借贷部经理之后，声称要借一笔钱用来修缮律师事务所。当他走出银行大门的时候，他的手中已握着 1 万美元的现金支票。

走出这家银行，阿克森又进入了另一家银行，在那里存进了刚刚才拿到手的 1 万美元。完成这一切，前后总共不到 1 个小时。之后，阿克森又走进了两家银行，重复了刚才的做法。这两笔共 2 万美元的借款利息，用他的存款利息相抵，大体上也差不了多少。只几个月后，阿克森就把存款取了出来，还了债。

这样一出一进，阿克森便在上述 4 家银行建立了初步信誉。此后，阿克森便在更多的银行玩弄这种短期借贷和提前还债的把戏，而且数额越来越大。不到一年光景，阿克森的银行信用已十分可靠了。凭着他的一纸签条，就能一次借出 10 万美元了。

不久，阿克森又借钱了，他用借来的钱买下了费城一家濒临倒闭的公司。20 世纪 60 年代的美国，正是做生意的好时机，只要你用心经营，赚钱总是不成问题。几年之后，阿克森成了大老板，拥有资产 1 亿多美元。

智 慧 感 悟

任何人都有可能积聚起庞大的财富，你自己的钱即使有限，你也可以想办法利用别人的钱。

有很多人，他们一生中都在"用别人的钱赚钱"。聪明的人在一开始就懂得利用别人的钱来使自己脱离贫穷，然后使自己向财富迈进。在富人之间，这种利用别人的钱生财借鸡下蛋的做法，不但很普遍，而且运用得极富技巧。这也就是我们常说的借用他人的力量。这既是一种技巧，也是善于拓展思维空间的表现。

"豪门"巧借政府桥

1994 年中国轻工总会在美国洛杉矶举办洽谈会。豪门啤酒的陈世增因其非凡的经历受到美国总统克林顿的邀请，陈世增决定把握这一机会，用克林顿这位名人为自己的啤酒造势。他决定在参加宴会的时候，请美国总统和政界要人品尝豪门啤酒。

12月18日，克林顿总统安排陈世增到白宫参观。19日下午，陈世增又赶到美国商务部，分别会见了商务部长的两位助理及国际商业局局长。这几位掌管商业大权的官员听了关于豪门公司的介绍，看了豪门的资料，品尝了豪门啤酒后，均表示愿意接受豪门啤酒进入美国。

入夜，副总统戈尔举行圣诞宴会，并邀请了美国的几十位著名企业家。陈世增手持豪门啤酒步入宴会厅，戈尔将在场的公司名人介绍给陈世增。临走时，陈世增让在场的每人带走一些啤酒，回去与家人细细品尝。此举本身就是一则新闻，第二天便传开了。同时，这些人的家属品尝了啤酒，便成了豪门免费的广告人，豪门啤酒的名声随着他们的脚步远远地传开。

12月20日晚，克林顿总统和夫人希拉里面带微笑地站在白宫一楼大厅门口，迎候陈世增。

这次会见极大地提高了陈世增的知名度，豪门啤酒更是在美国出尽风头。这次会见所起到的广告效应远远超过了花巨资所做的广告效应。陈世增敏锐地抓住了这一次机会，将豪门啤酒打入了美国市场。

智慧感悟

名人、要人永远是众人瞩目的焦点、热点，他的一举一动都可能受到关注。由于政治的权威性，特别是它在民众心中的崇高地位，政治人物的取向很大程度上左右了民众的取向。因此，这就构成了一种对商业极有影响的潜在资源。如果你是一位充满创意的人，那么，向政府首脑借力也是一条带你通向成功创意的光明大道。

借助光环，照亮自己

有一个证券公司的业务员，刚进入这一行，一直无法提升业绩。他的心里很着急，但这行竞争实在是太大了，即使铆足了劲，还是很难有起色。

过一阵子，这个业务员突然像是有神明护身似的，客户一个接一个地自动找上他，而他竟然成了全公司业绩最好的业务员。

这家公司的经理觉得不可思议，自己干了几十年，也没见过一个初入这行的人会突然莫名其妙地大红大紫，于是就暗中注意他是怎么吸引客户的。

他发现业务员经常带客户到自己的办公桌旁谈事情，这个办公室里的每个位子都是单独隔间的，于是他有事没事就假装经过业务员的桌旁，可是并没发现他对客人说些什么特别的话。

有一天，业务员不在办公室里，经理经过他的办公桌时，不经意地看了一眼他的桌子。

"这小子！原来如此。"经理站在办公桌前像是发现了新大陆，笑着自言自语。

原来，在业务员的桌子上，摆着许多张自己家人的生活照。可是，在这些生活照中间，又穿插摆着几张在不同场合拍摄的放大照片。而这些大照片，竟然全是一位股市大亨的。

当客户来坐下来和他谈生意时，看到这些照片，就会想："哇！他跟这位大亨一定关系不浅，跟着他走准没错！"

这就是利用人们崇拜名人的心理，借助名人的光环照亮自己。

智慧感悟

名人头上的那道光环永远是明亮的，而且名气越大，光环越亮。当你的形象还很弱小，还很黯淡时，转变一下思维方式，借助名人的光环照亮自己、提升自己，这样你的力量就大大增强了。

旧钞票的力量

1970年，韩国巨富郑周永投资创建蔚山造船厂，要造100万吨级的超大型油轮。对于造船业来说，郑周永可算是一个完完全全的门外汉，他却信心十足地认为："造船，和造发电厂一样，总是由不会到会，从不熟悉到熟悉，没有什么了不起的！"不多久，他就筹集了足够的贷款，只等客户来订货了。

但订货单可没有那么容易得到。当时，外商没有一个相信韩国企业有造大船的能力。怎么办？

郑周永为此苦思冥想，终于，他想出了一招：从一堆发黄的旧钞票中，挑出一张500元的纸币，纸币上印有15世纪朝鲜民族英雄李舜臣发明的龟甲船，其形状极易使人想起现代的油轮。而实际上，龟甲船只是古代的一种运兵船，李舜臣就是用这种船大败日本人，粉碎了丰臣秀吉的侵略。郑周永即随身揣着这张旧钞，四处游说，宣称朝鲜在400多年前就已具备了造船的能力，完全能胜任建造现代化大油轮的能力。经他这么一游说，外商果然信以为真，很快就签了两张各为26万吨级油轮的订单。订单到手后，郑周永立即率领职工日夜不停地苦干。两年过后，两艘油轮竣工了，而蔚山船厂也建成了。

智慧感悟

如何让对方相信自己的实力，这是事关成败的大问题。郑周永借助一张古钞就可以说服对方，别看小小一张钞票不起眼，用对地方，它的力量可不容小觑。

理发店的融资妙计

一家位于广州市内商业闹市区、开业近两年的理发店，吸引了附近一大批稳定的客户。每天店内生意不断，理发师傅难得休息，加上店老板经营有方，每月收入颇丰，利润可观。但由于经营场所限制，始终无法扩大经营，该店老板很想增开一家分店，可此店开张不久，投入的资金较多，手头还不够另开一间分店的资金。

店老板苦思冥想如何筹措到开分店的启动资金，突然想到，平时不是有不少熟客都要求理发店打折、优惠吗？自己都是很爽快地打了九折优惠。于是他灵机一动，推出 10 次卡和 20 次卡：一次性预收客户 10 次理发的钱，对购买 10 次卡的客户给予 8 折优惠；一次性预收客户 20 次的钱，给予 7 折优惠。对于客户来讲，如果不购理发卡，一次剪发要 40 元，如果购买 10 次卡（一次性支付 320 元，即 10 次 × 40 元/次 × 0.8 = 320 元），平均每次只要 32 元，10 次剪发可以省下 80 元；如果购买 20 次卡（一次性支付 560 元，即 20 次 × 40 元/次 × 0.7 = 560 元），平均每次理发只要 28 元，20 次剪发可以省下 240 元。

通过这种优惠让利活动，吸引了许多新、老客户购买理发卡，结果大获成功，两个月内该店共收到理发预付款达 7 万元，解决了开办分店的资金缺口，同时也稳定了一批固定的客源。

就是用这种办法，店老板先后开办了 5 家理发分店，2 家美容分店。

智慧感悟

学会寻求"输血"是每个人尤其是弱者和困者的必修课，无论是初入社会一筹莫展时还是遭受挫折急需帮助时，寻求"输血"，利用他人的心理，借助外在的力量就显得特别重要。问题的关键是找到合适的方法把"血"输进来。理发店利用购卡打折优惠的方法成功地融资，解决了自己的资金问题，其经营中的创意理念值得借鉴。

派克"跳龙门"

20 世纪初期，派克公司生产的钢笔最负盛名。正当它得意非凡之时，匈牙利人拜罗克发明了圆珠笔，因其实用、方便、廉价，很快便打破了派克公司的市场垄断地位。派克公司在圆珠笔的冲击下，濒于破产。虽然其后派克公司赶紧追风转向，也推出了不同款式的圆珠笔，但销路不好，反而连原有的钢笔市场也日益萎缩。

后来，著名企业家马科利成为公司的最高经营者。马科利分析形势后认为，派克钢笔与圆珠笔的市场争夺战是以己之短攻人所长，必须改变这种情形。因此，他果断决定将派克钢笔重新包装成高雅、精美和耐用的新形象。为此，派克钢笔削减产量，提价30%，跻身于高贵精品之列。同时，马科利还煞费心机，让派克钢笔获得了英国女王伊丽莎白的喜爱。1988 年 1 月 3 日，美国派克钢笔广告首次与苏联消费者见面。广告的标题是用大号铅字排出的 5 个大字："笔比剑更强！"

在标题的下面，刊登了当时苏美两国首脑戈尔巴乔夫和里根总统用钢笔签署销毁中程导弹条约的大幅照片。在照片下边，附有派克钢笔的说明。于是派克钢笔身价倍增，马科利又趁机再次提高售价。这样，以炫耀名贵、高档装饰为标志的新派克笔重振雄风，方有了今天的地位与辉煌。

智慧感悟

派克公司非常善于炒作，也善于借助外力。在与圆珠笔竞争受挫之后，派克主动改变策略，借助豪华的包装，塑造高雅、精美、耐用的新形象，同时还依靠伊丽莎白等名人提升自己的身价，最终确定了今天的霸主地位。

育苗掏耳

范西屏名世勋，是我国清代著名官员。此人从小聪慧，很得他人敬佩。后来，范西屏住海宁乡下，因懂点医术，也给农人看病，很得大伙欢心。

那天一位农民在场上用木锨扬场，正干得起劲，不巧一阵风吹来，扬起的麦粒突然改变了方向，冲着他迎面撒了下来。更不巧的是，一粒麦子不偏不斜地直钻进了他的耳朵里。那位农民觉得很难受，用力地去抠耳朵眼儿，但是无论如何也抠不出来，家里人找来几样东西帮忙也没弄出来。没有办法，只好来找范西屏。

范西屏问明情况以后，笑了笑说道："这样折腾，不但不管用，还有可能将耳膜弄穿孔。严重了，会变成聋子。"农民急了："我不想成为聋子，快给我想想办法。"他真想不到，小小的一粒麦子，居然会引出这么大的麻烦。"别急，我有一个办法。"范西屏不慌不忙地对农民说："你每天向耳朵里滴一些清水，过不了几天问题就解决了。""什么？"那农民非常奇怪，"能行吗？"范西屏肯定地点了点头，并嘱咐他要有耐心，过几天以后再来找他。

两天以后，那人觉得耳朵里痒痒的，很不安心，就来到范西屏住处。范西屏察看了一下说："还需要两天。"到了第四天，范西屏从他的耳朵里很轻松地把麦粒取了出来。你大概已经猜到是怎么回事了吧？实际上，范西屏从那农民的耳朵里钳出的是棵小麦苗。

智慧感悟

麦粒掉进耳朵里，并不硬性取出，而是滴水育苗，这就是"蓄势"。麦粒在耳朵里发了芽，改变了原来的形态，在植物趋光性的作用下，芽向外长，这样就能很轻松地把麦粒取出来，这就是"后发"。这个例子告诉我们：有些事情虽然十分紧急，但要以缓应急，蓄势造势，才能加以解决。

绝妙主意

在美国一个农村，住着一个老头，他有3个儿子。大儿子、二儿子都在城里工作，小儿子和他在一起，父子相依为命。

突然有一天，一个人找到老头，对他说："尊敬的老人，我想把你的小儿子带到城里去工作？"

老头气愤地说："不行，绝对不行，你滚出去吧！"

这个人说："如果我给你儿子找的对象，也就是你未来的儿媳妇是洛克菲勒的女儿呢？"

老头想了想。终于，让儿子当上洛克菲勒女婿这件事打动了他。

过了几天，这个人找到洛克菲勒，对他说："尊敬的洛克菲勒先生，我想给你的女儿找个对象？"

洛克菲勒说："快滚出去吧！"

这个人又说："如果我给你女儿找的对象，也就是你未来的女婿是世界银行的副总裁，可以吗？"

洛克菲勒同意了。

又过了几天，这个人找到了世界银行总裁，对他说："尊敬的总裁先生，你应该马上任命一个副总裁！"

总裁先生说："不可能，这里这么多副总裁，我为什么还要任命一个副总裁呢，而且还必须是马上？"

这个人说：　"如果你任命的这个副总裁是洛克菲勒的女婿，可以吗？"

总裁先生同意了。

智慧感悟

　　故事中的"说客"非常善于利用身边的有利条件进行整合。一个普通的乡下小伙子竟然成了大富豪的女婿、银行的副总裁，不得不说是这个人一手造就的。

　　世界上没有垃圾，垃圾是放错了地方的宝物；世界上没有庸才，庸才是放错了地方的人才。把东西、人才放到适当的地方，会产生四两拨千斤的奇效，这就是资源整合的魅力。

借鸡生蛋成大业

　　美国船王丹尼尔·洛维格的第一桶金，乃至他后来数十亿美元的资产，都是借鸡生的"金蛋"。可以说，他整个事业的发展是和银行分不开的。

　　当他第一次跨进银行大门时，人家看了看他那磨破了的衬衫领子，又见他没有什么可作抵押的，自然拒绝了他的申请。

　　他又来到大通银行，千方百计总算见到了该银行的总裁。他对总裁说，他把货轮买到后，立即改装成油轮，他已把这艘尚未买下的船租给了一家石油公司，石油公司每月付给的租金，就用来分期还他要借的这笔贷款。他说他可以把租契交给银行，由银行去跟那家石油公司收租金，这样就等于在分期付款了。

　　许多银行听了洛维格的想法，都觉得荒唐可笑，且无信用可言。大通银行的总裁却不那么认为。他想：洛维格一文不名，也许没有什么信用可言，但是那家石油公司的信用却是可靠的。拿着他的租契去石油公司按月收钱，这自然会十分稳妥。

　　洛维格终于贷到了第一笔款。他买下了他所要的旧货轮，把它改成油轮，租给了石油公司。然后又利用这艘船作抵押，借了另一笔款，从而再买一艘船。

　　洛维格的成功与精明之处，就在于他利用那家石油公司的信用来增强自己的信用，从而成功地借到了钱。

　　这种情形持续了几年，每当一笔贷款付清后，他就成了这条船的主人，租金不再被银行拿走，顺顺当当进了自己的腰包。

　　当洛维格的事业发展到一个时期以后，他嫌这样贷款赚钱的速度太慢了，于是又构思出了更加绝妙的借贷方式。

他设计一艘油轮或其他用途的船，在还没有开工建造，尚处在图纸阶段时，他就找好一位顾主，与他签约，答应在船完工后把它租给他们。然后洛维格才拿着租船契约，到银行去贷款造船。

当他的这种贷款"发明"畅通后，他先后租借别人的码头和船坞，继而借银行的钱建造自己的船。最后他有了自己的造船公司。

就这样，洛维格靠着银行的贷款，爬上了自己事业的巅峰。

智慧感悟

西方生意场上有句名言：只有傻瓜才拿自己的钱去发财。"给我一个支点，我就能撬动地球。"阿基米得的"支点"就是一种凭借。任何巨额财富的起源，建立在借贷基础上是最快捷的。就是说，要发大财先借贷、要做大事先要利用他人的力量，毕竟，"买船不如租船，租船不如借船"，借得大船，方能去远洋。

英雄救美演不够

商人的智慧是无穷无尽的，为促进商品的销售，什么花样都想得出来。加拿大埃德蒙顿市的某香烟公司在举办宣传推销新品"运动家"牌滤嘴香烟时，设计了一个"英雄救美"的花样。

店前玻璃小屋里有一位美人，对着店前来来去去的行人大叫："救救我！请把我从这救出去啊……"这位美丽的女郎声音响亮，含有一抹若有似无的幽怨，听起来，格外动听而迷人。于是过路的人都围上来看个究竟。他们看到好似一幅名画里走出来的美丽少女，被困在狭窄不堪的玻璃屋里。不一会儿，看热闹的人越来越多了，玻璃小屋四周挤满了人。

玻璃小屋里的美人在好奇的群众面前，指着身旁的"运动家"牌滤嘴香烟说："这些香烟不卖光的话，我是没法出去的，请帮我一个忙好吗？"声音清新悦耳，表情可人。她虽然没有讲几句话，但是道尽了她的辛酸，众人对她的怜爱之心不禁油然而生，几乎每个人都神气十足地掏出钱来买她的香烟了。

一到晚上，这位女士就在里面睡觉。很多人对她睡觉的美妙姿态或者换衣的镜头，都想大饱眼福，就像中了魔咒似的，在深沉的夜里还舍不得离开。更有众多的人想欣赏她甜蜜的微笑，看她吃饭的举动，看她羞怯的神态，中午休息时间也不休息，争相围着玻璃小屋徘徊不去。

这样，100万包香烟在130个小时后就被争购一空了，不仅收到令人吃惊的结果，同时亦是最好的宣传。新香烟一问市就大为轰动了，比历史悠久的老牌香烟知名度还高。

智慧感悟

英雄救美属影视套路，见怪不怪，但用在营销上又显得新颖招人。商家喜欢造势，以提高知名度，"英雄救美"就是其中的一种。少女的凄厉哀求，唤得路人同情和支持，买两包香烟既能帮其解脱困苦，又能过一把"骑士"瘾，何乐而不为！

总统卖书

一位书商手头积压了一批书卖不出去，眼看就要大亏本了。情急之下，出版商想了一个点子：给总统送去一本，并频频联系，征求意见。忙得不可开交的总统随便回了一句："这书不错。"这一来出版商如获至宝，大做宣传："现有总统喜爱的书出售。"还把"这书不错"四个字印在封面上，于是出版商手头的书很快被抢购一空。

不久，这个出版商又有一批书，便照方抓药，又给总统送去一本。总统有了上次的教训，想借机奚落一番，就在送来的书上写道："这书糟透了。"总统还是上了套儿，书商又大肆做宣传："现有总统讨厌的书出售。"人们出于好奇争相抢购，书很快便全部卖掉。

第三次，出版商再次把书送给总统，总统有了前两次被利用的教训，干脆紧闭金口不理不睬。然而出版商还是有话说，这次他的宣传词是："现有令总统难以下结论的书，欲购从速。"结果，书还是被抢购一空。

智慧感悟

不管怎么说，书商是很精明的，他借着有巨大影响力的总统的"评价"推销书，在创造性思维的引导下化平凡为神奇，为原本平淡无奇的书制造了巨大的市场效应。

巧与对方拉关系

高某是清朝末年人，考了秀才后成为乡里的私塾先生。他对西方的文化十分欣赏，并极力将这些知识教给学生。

有一次，为了给学生建一间动植物标本保存室，他想方设法地去筹钱，村里借了，又去邻村借，邻村借了就到乡里……最后，在实在没办法的情况下，他到了城里，希望找几个老乡想想办法。

当听说有一个老乡现已有万贯家财之时，他欣喜若狂，满怀希望地前去借钱。不料这位老乡吝啬异常，一个子儿也不给就把高某给赶了出来。

高某乃清高之人，遇到这种屈辱，叫他如何受得了。不过，冷静之后，高某想到这个老乡对村里特别是学童教育还非常有用，跟他关系搞好了，以后的教育经费就好办了。

高某找来族谱，经过认真查找，他发现自己比这位老乡高了一辈，严格上来说，这位老乡应叫高某"叔"，尽管高某年龄只有42岁，而那位老乡年龄却有59岁了。

那时的亲属辈分规定非常严格，爷是爷，叔是叔，就是你比一个人大了十几岁甚至更大，但人家辈分比你高，你也得叫人家"爷"。

最后，在族谱面前，这位老乡再也不敢如此嚣张了。在自己的长辈面前，他只有遵循那几千年来的礼教，而高某这时说什么话都响多了，最后轻松借到了所需的经费。

智慧感悟

高某在这里利用血缘关系，迫使那位老乡低头，与人相处时要善于抓住别人的"七寸"，有时候不妨来点"旁门左道"，千万不要钻牛角尖，而要拓展思维，想办法找出与别人的联系所在，令其不得不为你所用。

鬼苹果

17世纪中叶，土豆种植还没有在法国得到推广，人们对种土豆怀有很强的戒心，甚至于将它称为"鬼苹果"。医生们非常固执地认为，这种东西对人的健康十分有害；农民也认为，种植这种东西，一定会使他们的土壤变得非常贫瘠。

后来，一位著名的农学家安瑞·帕耳曼切先生，品尝到了炸土豆片以后，赞不绝口，便下决心推广土豆种植。但是，他花了很长时间也没有能够说服自己家乡的任何人。

有一天，帕耳曼切先生有幸见到了国王，他趁机向国王要一块出了名的非常差的土地。国王问他要这样差的土地做什么用，他说："我是用来做试验的。"帕耳曼切先生就在这块试验田里栽培了土豆。为了能够使土豆更快地进入大众的餐桌，他又使出一个小小的花招。

他又来到王宫里，向国王提出了一个请求："尊敬的陛下！"他很诚恳地说，"我在那块土地上已经种下了'鬼苹果'，只是为了进行试验，可还要防止别人来偷窃，万一有人吃了下去，引起不好的后果，我可担负不了这个罪名。所以，我请求国王派一支卫队去守护这些可怕的东西。"国王本来就很欣赏和信任这位大名鼎鼎的农学家，当即就答应了他的请求。

每天，全副武装的卫队站在地边看守土豆，这种异常的举动，立即引起了周围人们强烈的好奇心，大家都想知道那块土地上究竟种的是什么。白天，人们无法接近，但当夜幕降临的时候，一些胆大的就千方百计地潜入到这块地里偷窃一些土豆，然后种在自己的园子里，想看一看究竟这是什么东西。再后来，土豆的种植逐渐地蔓延开去，终于走进了千家万户，走到了大众的餐桌上。

智慧感悟

这位农学家利用人们普遍具有的好奇心，巧妙地借用了"国宝才有卫队来看守"这个特定的思维定式，设计一种神秘的气氛，然后反其意而用之，明为保护看守，其实是为了吸引人们来"偷"。这一"护"一"送"之间，从而达到了推广土豆种植的实际目的。

看来借势造势中可借的东西很多，人们的好奇心也可以借，不管借什么，能够达到自己的目的才是最重要的。

舆论的力量

1985 年 7 月，长沙人民织布厂与原联邦德国的某公司正式签署了购买 180 万马克旧织布机的合同。按照合同规定，我方必须在 8 月底付出一半资金。由于某些客观原因我方暂时不能付出这笔钱。为此，双方进行了谈判，德方能答应我方的谅解要求。可是到了 12 月 18 日，德方突然改变态度，要求中方赔偿违约金和利息共计 65 万马克。为此，双方又在德国举行了谈判。

为了掌握谈判的主动权，我方代表设法在发行量为 47 万份并且了解内情的《津茨堡城分报》的头版头条刊登出题为《织布机引起的激烈争论——中国工厂感到受骗》的长篇报道，披露了谈判的实情，还配发了照片。中国代表的这一举动，顷刻引起了德国公众的强烈反应，不少人认为："这种商人不能代表德国人。"对该公司的行为表示不满。报道刊出后，几乎每天都有人去看望在该公司拆卸旧织布机的中国工人。在此基础上，中国代表又积极开展联络活动，利用联邦德国新闻界人士组成的津茨堡"君子俱乐部"邀请中国人参加周末午餐会的机会，出示了我方与某公司签订的合同、清单等有关资料，解答了许多纠纷中的问题。我方采取的一系列措施，进一步得到了公众舆论的同情和支持，就连联邦德国第三大银行的大众银行津茨堡分行行长都主动帮助我方了解该公司这套设备原来的价格及事情的来龙去脉。最后，该公司迫于公众舆论的压力，不仅放弃了 65 万马克的索赔，还把购买设备的 180 万马克降到 150 万马克。再次签约后，双方握手言和，重归于好。对此，该公司老板深有感触地说："没想到中国人这么厉害，我和外国人做生意这样惨败还是第一次。"

智慧感悟

舆论的压力是巨大的，操控好这把强有力的舵，将会为自己注入新的生命力量，立于不败之地。所以借助公众舆论的力量以达到自己的目的，是一个非常好的办法，智者是能调动一切外力为自己所用的。

溺水女郎与相机

一天，在美国迈阿密的海滨浴场出现了一个惊心动魄的场景。

那天，风和日丽，阳光灿烂，海滨浴场游人如蚁。有的穿着游泳衣在沙滩下进行日光浴，有的在五彩缤纷的伞下喝着饮料，更多的男女则投入了大海宽阔的胸怀，好一派欢乐热闹的景象。

在游客中有一个妙龄女郎，她款款地走入水中，在浅水中稍作活动，随即像条美人鱼似的穿入了深水区。她一会儿蛙泳，一会儿仰泳，其活泼玲珑的姿态吸引了海滩上许多游客的目光。

突然，女郎双手乱舞，长发纷飞，在水中挣扎起来，还没等大家弄清是怎么回事，她已陷入海中，水面上泛起了几个白泡泡。

游客们终于从惊愕中清醒过来，不约而同地发出了一个呼声："出事了，那姑娘可能抽筋了！"

正当千钧一发之际，一个青年男子当即跃入海中，快速游到了出事地点，很快就将妙龄女郎救出水面。

当人们围上去向他们表示慰问时，有个手持照相机的摄影者挤进了人群，将一些相片拿给众人观看。这些照片再现了刚才发生的惊心动魄的一幕，优美的风光、惊险的场面、美丽的溺水女郎、矫健的青年救护者，还有脸部表情各异的游人，包括看照片的游客本人在内。人们的注意力从现场转移到动人逼真的照片上来，纷纷发出了惊讶的提问："这是怎么回事，照片竟这么快就印出来了？"

摄影者高高举起照相机，得意地说："这是兰德先生创办的普拉公司的最新产品'拍立得'相机，拍摄之后60秒钟就可取到照片。"

游人争相来观看这种新型的"一次成像"照相机。原来刚才的一幕是普拉公司为推广"拍立得"照相机而精心策划的一幕广告戏。由于这个戏演得精彩非凡，在观众的脑海里留下了深刻的印象。他们回味刚才那惊心动魄的一幕时，自然也想到了"拍立得"相机神奇的功能。这些游客来自世界各地，他们回去之后，都成了"拍立得"相机的热心宣传员。

1984年11月6日，在美国波士顿一家大百货公司里，"拍立得"相机首次上市，人们争相购买，最后竟把橱窗里陈列的样品也卖掉了。

智慧感悟

溺水女郎也能为相机做宣传，现代的商业宣传方法真是花样百出，但目的都是为了尽可能地让群众关注和了解自己的产品。

宣传和炒作实际上就是借助新奇事件的力量吸引公众的目光。"拍立得"就是成功地利用"溺水女郎"事件促进了产品的销售。